Mark O'Sullivan

Engel ohne Flügel

Mark O'Sullivan

Engel ohne Flügel

Aus dem Englischen von Klaus Pemsel

Verlag Freies Geistesleben

Für Statia
Und in Erinnerung an Peter

Von Mark O'Sullivan
ebenfalls erschienen:
Eine Melodie für Nora
Mehr als nur ein Spiel
und *Weiße Lügen*

Die irische Originalausgabe erschien 1997 unter dem Titel
Angels without Wings bei Wolfhound Press, Dublin.

ISBN 3-7725-1934-2

1. Auflage 2001

Verlag Freies Geistesleben
Landhausstraße 82, 70190 Stuttgart
Internet: www.geistesleben.com

Umschlag: Thomas Neuerer, Stuttgart
Druck: Wiener Verlag, Himberg

Inhalt

«So wie Gott Engel erschafft, erschafft der Schriftsteller Charaktere. Doch es gibt Engel ohne Flügel. Nur der Leser vermag ihnen kraft seiner Fantasie, Flügel zum Fliegen zu verleihen.»

Axel Hoffen

Prolog

Flammen züngelten rot in den nächtlichen Himmel über Berlin. Einbände, Seiten, Worte von zwanzigtausend Büchern nährten ein riesiges Vernichtungsfeuer. Rauch wehte den Reihen von fackeltragenden Studenten und Uniformierten ins Gesicht. Das dumpfe Flammendröhnen glich einem ungeheuren kollektiven Aufseufzen. Es war so, als hätten die hier Versammelten alle auf einmal innegehalten, um das Schreckliche zu bedenken, das hier vor ihnen geschah.

Dann schrie eine einzelne Stimme herausfordernd: «Heil Hitler». Das war mehr als nur ein Jubelruf für den Führer. Nein, dieser Schrei besagte: «Es ist uns egal, was die Welt von uns denkt.» «Heil Hitler!», wiederholte die Masse immer wieder. Die Rufe hallten über die Stadt, über Deutschland, über den ganzen europäischen Kontinent und noch darüber hinaus. Die Botschaft war eindeutig. «Wer nicht für uns ist, ist gegen uns – und wir werden jedes Wort von ihnen ausmerzen.»

In jener Nacht des 10. Mai 1933 stand Axel Hoffen unter den Schaulustigen, die sich bei der Universität hinter dem Haufen der Studenten angesammelt hatten. Er war ein kleiner, unauffälliger Mann von zweiunddreißig Jahren mit schütterem Haar und hageren, unrasierten Wangen. Wie die meisten Schriftsteller fiel er auf der Straße nicht weiter auf und konnte sich in dieser Nacht glücklich darüber schätzen. Wenn sie gewusst hätten, dass seine Bücher unter denen in der Feuerpyramide waren, wären sie auf der Stelle über ihn hergefallen. Die tief sitzende bange Vorahnung, die er empfand, machte kurzzeitig einem erregten Stolz Platz. Wurden doch seine Bücher zusammen mit denen der hervorragendsten Dichter und Denker vernichtet: Thomas Mann, Stefan Zweig, Albert Einstein, H. G. Wells ... Bei dem Gedanken, er hätte Platz unter den Dichtergrößen gefunden, musste er beinahe lächeln. Doch selbst ein Lächeln wäre gefährlich gewesen. Diese Menschen meinten es todernst. Ihre Stimmen ließen Axel keinen Zweifel daran, was nach dieser Nacht kommen würde: Eine endlose Verfolgung – oder eher eine Verfolgung mit einem Ende, das er sich gar nicht auszumalen wagte.

Die intensive Hitze des Scheiterhaufens und der ihn dicht umdrängenden Menge riefen bei Axel einen Schweißausbruch hervor. Aufgrund der beschlagenen Brillengläser fast blind, stolperte er durch die Menschenmasse. Auf der Prachtstraße Unter den Linden bewegte er sich halb gehend, halb laufend, als wären sie ihm schon auf den Fersen. Doch er war allein, so gut wie allein. Er hielt inne und lehnte sich an eine hohe Linde, um zu verschnaufen und seine wirren Gedanken zu sammeln. Es gab nur einen Ort, zu dem er gehen, nur eine Person, an die er sich wenden konnte, den einzigen Freund, den er in ganz Berlin noch hatte: seinen Verleger, Herrn Stieglitz.

Vor sechs Jahren war Axel zum ersten Mal bedrückt die morsche Stiege zum Büro von Herrn Stieglitz hochgestapft. Er hatte mit seiner ersten Gedichtsammlung, *Nachtgesänge*, alle möglichen Verleger abgeklappert und sich nur Ablehnungen eingehandelt. Doch der große bärtige Mann hatte nach fünf Minuten einfach «Ja» gesagt. Bis zu jenem grandiosen Tag der Veröffentlichung schwebte er wie auf Wolken. Sein erstes Buch! Sein Name auf dem Leinenrücken eines gebundenen Buchs! Aber dann wartete er. Und wartete.

Nichts geschah. Niemand kaufte das Buch – zumindest niemand außer seinen Angehörigen im fernen Austadt. Axel war am Boden zerstört; schlimmer noch, er litt Hunger. In Berlin gab es nirgends Arbeit und er war zu stolz, um nach Hause zurückzukehren. Doch irgendwie hielt er sich über Wasser. Er schrieb noch einen Band mit Gedichten, *Nebel und Licht*, den er wieder zu

Herrn Stieglitz brachte. Doch diesmal verblüffte Axel die Reaktion des Mannes.

«Wir leben in schwierigen Zeiten …», begann Herr Stieglitz.

«Aber Sie haben sie ja noch nicht gelesen.»

«Wir müssen der Wirklichkeit ins Auge sehen, Axel …»

«Zur Hölle mit der Wirklichkeit!»

Axel wusste genauso gut wie alle anderen, wie es wirklich im Land aussah. In den letzten Jahren war es mit Deutschland bergab gegangen und überall herrschte Armut, was nirgendwo stärker zu spüren war als in Berlin. Von einem Tag auf den anderen herrschte der nackte Überlebenskampf. Bald hatte Herr Stieglitz Axel davon überzeugt, was er tun musste, um zu überleben.

Neben Gedichten brachte Herr Stieglitz auch Jugendbücher heraus. Mit dem Gewinn aus diesen Abenteuergeschichten konnte er unbekannten Dichtern wie Axel eine Veröffentlichungsmöglichkeit bieten. Herr Stieglitz liebte Lyrik über alles, doch damit ließ sich kein Geld verdienen – wie Axel am eigenen Leib hatte erfahren müssen.

«Es ist ganz einfach, Axel», sagte ihm Herr Stieglitz. «Wenn Sie ein paar Geschichten für mich schreiben könnten, dann wäre ich bereit, Ihre Gedichte zu veröffentlichen.»

«Ich soll mir für Sie Abenteuer ausdenken! Aber um Himmels willen, ich bin Dichter!»

«Und werden sehr bald ein toter Dichter sein.»

«Aber ich habe so etwas noch nie gemacht. Ich wüsste nicht, wie …»

«Sie sind ein *Schriftsteller*, Axel. Sie sind doch einmal jung gewesen – im Vergleich zu mir sind Sie ja noch ein junger Hupfer. Was bedarf es mehr, um sich eine Geschichte auszudenken?»

Axel machte sich widerstrebend ans Werk und brachte schließlich *Die Abenteuer der Lingenbande* mit. Weder er noch Herr Stieglitz hätten sich vorstellen können, was für ein Erfolg das Buch wurde. *Die Lingenbande und die fehlenden Fahrräder* und *Die Lingenbande und der verschwundene Junge* folgten bald darauf. Axel musste nicht mehr Hunger leiden, doch zunächst hatte er wenig Freude an seinem neuen Wohlstand.

Stets nagte das Gefühl des Versagens an ihm. Er war nicht der angesehene Dichter geworden, als den er sich in seinen Träumen gesehen hatte. Sein zweiter Gedichtband hatte sich noch schlechter verkauft als der erste. Dennoch versuchte er es immer wieder einmal mit dem Dichten.

Wenn er sich allerdings an die Schreibmaschine und den Stapel weißer Seiten setzte, war sein Denken nicht von luftigen Lyrikzeilen, sondern von den Worten und Taten seiner vier jungen Abenteurer angefüllt. Beim Anschlagen der Schreibmaschinentasten war es so, als würde Axel in Trance verfallen, die ihn hypnotisch in jene Fantasiewelt der Abenteuer zog. Er verfluchte die Bande, lehnte sich gegen ihre sonderbare Gewalt über ihn auf, gab ihr die Schuld an der Vernichtung der Poesie in seinem Gemüt. Doch dann stellte sich etwas Unerwartetes ein und überraschte ihn wiederum.

Axel entdeckte, dass er das Schreiben dieser Geschichten, wenn er nicht mehr auf sich und die Bande wütend war, eigentlich genoss. Allmählich empfand er eine wachsende Zuneigung für die von ihm erschaffenen Figuren. Wenn er manchmal in jenem Schwebezustand zwischen Wachen und Schlafen war, hielt er sie sogar für real. Er wusste genau, wie Siegfried und Dieter, Anna und Greta aussahen. Vor seinem geistigen Auge entstand ein gestochen scharfes Bild, fast wie eine Fotografie, von dem Bergdorf Leiningen, in dem sie lebten.

Er fragte sich schon, ob Herr Stieglitz nicht Recht gehabt hatte, als er damals sagte: «Ich glaube, Sie haben Ihre Lebensaufgabe gefunden, Axel. Ihre Zukunft ist gesichert; wie viel Menschen können das von sich behaupten?»

Dann, kurz vor dieser Nacht der Bücherverbrennung, kam Adolf Hitler an die Macht. Axels Zukunft sah auf einmal nicht mehr rosig aus. Die neue, von den Nazis beherrschte Regierung setzte sogleich alle Hebel in Bewegung, um diejenigen zum

Schweigen zu bringen, die eine andere Meinung als sie vertraten. Schriftsteller wurden als Erste argwöhnisch beäugt.

In Axels Fall wurden die Nazis auf jene erste Gedichtsammlung aufmerksam. Ihnen missfiel die Botschaft von Frieden und Toleranz. Die *Nachtgesänge* wurden verboten. Bald kamen auch *Nebel und Licht* und die drei Bände über die Lingenbande auf die schwarze Liste.

Wenn zu der Bande vielleicht nur Siegfried und Greta gehört hätten, die ein Musterbild deutscher Jugend abgaben – er sehr stattlich, sie äußerst hübsch –, dann wären die Bücher nicht ins Auge gefallen. Aber da waren noch Anna, die Jüdin, und Dieter, der Einarmige. Dass diese Vier so gut miteinander auskamen und zusammenhielten wie Pech und Schwefel, war für die neuen Machthaber in Deutschland einfach untragbar. Für sie waren die Juden ein Feindbild und ein Krüppel nichts als eine gesellschaftliche Last.

Herr Stieglitz füllte seinen weiten Anzug nicht mehr gut aus. Axel setzte sich vor ihn und wischte sich ungläubig die beschlagenen Brillengläser frei. Auf dem Boden lagen überall Bücher und Schriftstücke verstreut, viele von ihnen in alle Einzelteile zerfetzt. Die Lachfalten im großen Gesicht des Mannes, das blutige Striemen und blaue Flecken aufwies, waren zu Sorgenfalten geworden.

«Sie sind hier gewesen», seufzte Herr Stieglitz. «Sie haben uns dicht gemacht. Den Stieglitz Verlag gibt es nicht mehr.»

Er habe nun keinen Pfennig mehr, erklärte er. Die Bank, bei der er seit Jahren sein Geld eingezahlt hatte, habe sich geweigert, auch nur eine Reichsmark von dem, was ihm rechtmäßig gehörte, auszuhändigen.

«Ich habe gerade noch genug Geld für die Überfahrt nach Amerika, Axel. Ich rate Ihnen, das Gleiche zu tun. Gehen Sie morgen zu Ihrer Bank, bevor es zu spät ist.»

Ihr letzter Händedruck hatte eine schreckliche Endgültigkeit und Axel konnte den aufmunternden Worten von Herrn Stieglitz kaum Glauben schenken.

«In Amerika werden wir uns wieder sehen. In Amerika werden wir noch einmal ganz von vorn anfangen. Sie werden sehen.»

Am nächsten Morgen ging Axel zur Bank. Der Ablauf war vorhersehbar.

«Ihr Konto wird derzeit von Amts wegen überprüft», grinste der kleine Schalterbeamte mit dem schütteren Haar und dem schmalen Hitlerschnurrbart.

Auf einem protzig am polierten Holz des Bankschalters stehenden Schild stand «Herr Gier».

Noch am gleichen Abend folgte Axel dem Schalterbeamten zu seiner Wohnung. Er stellte sich vor, dass sich Herr Gier ohne den wachsamen Blick seines Filialleiters vielleicht als zugänglicher erweisen würde. Doch er hätte sich nicht mehr irren können.

«Verschwinden Sie von hier», knurrte der Mann, der seine Wohnungstür nur einen Spaltbreit öffnete.

«Ich brauche doch bloß genügend Geld, um Deutschland verlassen zu können. Ich werde Sie nie wieder belästigen.»

«Wenn Sie nicht in zehn Sekunden verschwunden sind, rufe ich meine Freunde, die Braunhemden, her.»

Es überraschte Axel nicht, als er erfuhr, dass Herr Gier bei der SA war, jenem einschüchternden Kampfverband, der für seine Grausamkeit und blinde Hitlertreue berüchtigt war. Hinter dem Beamten sah er einen mit Banknoten übersäten Tisch. Er blickte erneut in jene Schweinsäuglein.

«Das ist mein Geld, nicht wahr?»

«Ich greife auf der Stelle zum Telefonhörer.»

«Ich werde die Polizei davon in Kenntnis setzen.»

«Und Sie meinen, sie wird einem Feind des Führers glauben? Dass ich nicht lache!»

Er knallte Axel die Tür vor der Nase zu.

Nun lebte Axel in echter Angst vor dem Klopfen an der Tür

seiner Mansarde, das Verhaftung und Verschleppung verheißen mochte – in ein Konzentrationslager oder im schlimmsten Fall zu den Folterkammern der schwarz uniformierten SS oder der Braunhemden der SA. Gerüchte, die in Berlin über diese Orte kursierten, jagten der tapfersten Seele Angst und Schrecken ein.

Seine *Nachtgesänge* wurden zum Wimmern eines gebrochenen Mannes in einer Dunkelheit, die mit schweren, schicksalsträchtigen Tritten und verschwörerischem Flüstern auf der zu seinem Zimmer führenden Treppe erfüllt war.

Das Schweigen, das seine jungen Figuren erfasst hatte, war noch vollständiger. In jenem Grauen Zimmer irgendwo in Axels Gehirn warteten sie – von der Welt und sogar von Axel vergessen. Bis dann an einem Aprilabend 1934 jenes schicksalhafte Klopfen an der Mansardentür kam und ein Mann in schwarzer SS-Uniform mit einem unglaublichen Vorschlag in Axels Leben platzte.

Und der Anführer der Lingenbande wachte langsam aus seinem Schlaf auf, um zu seinem wagemutigsten Abenteuer aufzubrechen – einem, das ihn und seine Gefährten von den idyllischen, erfundenen Hügeln ihres Bergdorfs in die grimmige Wirklichkeit von Berlin führte, von den kleinen Alltagsvorfällen in Leiningen zu den Schrecknissen in einem Land unter der Fuchtel des Faschismus; vom verzweifelnden Verstand eines jungen Autors zu einer nur zu realen und gefährlichen Existenz in der Außenwelt.

An der Mansardentür wird gerüttelt. Axel zittert. Im Grauen Zimmer seiner verblassten Fantasien erwacht ein neues Leben jenseits seiner Verfügungsgewalt.

Das Graue Zimmer

Siegfried regte sich als Erster, so als wäre er ein wirklicher Junge, der aus gewöhnlichem Schlaf erwacht. Doch auch im Wachzustand war er noch eine Traumfigur. Geisterhaft wie eine mit dem Bleistift skizzierte Gestalt, war er so grau wie das Zimmer, in dem er und die übrigen Bandenmitglieder saßen. Der Tisch vor ihnen mit einer Vase, in der weiße Blumen standen; die jeweils nach einer Wandseite ausgerichteten Stühle, auf denen sie saßen; die zwei einander gegenüberstehenden steinernen Torbögen, vor denen behelfsmäßige Vorhänge hingen; die Körper der Lingenbande selbst – alles war so durchscheinend und gehaltlos wie alte Spinnweben.

Kein Luftzug strich durchs Zimmer, kein Geräusch drang herein. Eine Zeit lang fanden sich auch keine Gedanken im Leerraum von Siegfrieds Hirn ein. Er war noch nicht Herr seines Verstandes und hatte keine Ahnung von der kaum merkbaren Veränderung in der ihn umgebenden trockenen Luft. Es wurde kälter im Zimmer, die Atmosphäre lud sich mit Spannung auf. Etwas knisterte durch seine grauen Glieder wie leichter Frost an einem kahlen Winterast. Es fuhr durch die zarten Fasern seines Rückgrats und weiter in das Netz aus feinen Nervensträngen, das sein Gehirn bildete.

Dieses kalte Gefühl der Furcht war die erste eigenständige Gemütsregung, die Siegfried je gespürt hatte. Seine Augenlider, leicht wie Insektenflügel, zitterten, und dieses Erschauern verbreitete sich wie eisiges Feuer. Dann wurde sein Verstand mit einem Schlag lebendig.

Da er von der Furcht einflößenden Erinnerung und dem lauten, unerklärlichen Pochen, das ihn durchfuhr, mit seinem Stuhl nach hinten zu kippen drohte, streckte er die Arme aus, damit er nicht umfiel. Seine Hand glitt durch den gehaltlosen Tisch, doch er kam mit Mühe auf die Beine. Hinter ihm polterte der Stuhl zu Boden und löste sich in einer Staubwolke auf. Er schaute die anderen an, doch keiner hatte sich auch nur so viel wie ein federleichtes Augenlid bewegt.

Das Sperrfeuer unzusammenhängender Gedanken ließ langsam nach und ergab allmählich einen Sinn für Siegfried. In seinem Geist bildeten sich Wörter und er stellte zu seiner Verwunderung fest, dass dieselben Wörter von seinen spröden Lippen in die Stille hinausdrangen. Während er sprach, wurde ihm klar, dass ein Mann namens Axel Hoffen sein Schöpfer war, dass aber diese Wörter nun seine eigenen waren.

«Ich heiße Siegfried Engel und bin vierzehn Jahre alt. Ich wohne im Dorf Leiningen. Das hier sind meine Freunde Anna, Dieter und Greta. Zusammen sind wir die Lingenbande.»

Das erbarmungslose Pochen begleitete jeden seiner Gedanken. Als der mutige männliche Held der Abenteuer der Lingenbande kannte Siegfried keine Furcht. Nun aber flößte ihm alles Angst ein: dieser graue Raum, die völlige Stille seiner Kameraden, das Klopfen in ihm.

Vorsichtig bewegte er sich durchs Zimmer, noch von der Angst gepackt, er könne so wie der Stuhl einfach zerfallen. Alles im Zimmer war ihm vertraut – nur dass die Farben fehlten. Die Bücher auf dem kleinen Regal waren nicht mehr rot, gelb, grün und blau, wie er sie in Erinnerung hatte. Seine geliebte Kleinkramschachtel hatte ihren Goldglanz verloren. Die Plakate von Max Schmeling, dem berühmten deutschen Schwergewichtsboxer, und Lilian Harvey, der Schauspielerin, waren schwarzweiß geworden.

Plötzlich wurde seine Aufmerksamkeit von diesen grauen Kopien der Gegenstände im Bandenzimmer abgelenkt. Er erkannte das dumpfe Pochen.

«Mein Herz! Das ist mein Herzschlag!»

Kaum war ihm das bewusst geworden, als ein dringenderes

Klopfen an seine Ohren drang. Erst da fielen ihm die Bögen zu beiden Seiten des Zimmers auf. Das Geräusch kam vom linken Bogen.

Das Angstgefühl verdichtete sich mit jedem Schritt, den er auf diesen Torbogen zuging. Irgendwie wusste er, wen er dahinter treffen würde: seinen Schöpfer Axel Hoffen. Er wusste auch, dass er selbst aus der Furcht geboren worden war, die von dem Zimmer des Mannes in diesen grauen Raum einsickerte.

«Wenn ich selbstständig denken kann, werde ich real ... eine wirkliche Person!»

Siegfried nahm sich zusammen und schritt über die Schwelle in das schäbige Mansardenzimmer der Wirklichkeit.

Axel Hoffen lag leise wimmernd im Bett und fuhr vor Entsetzen zusammen, als er das Splittern der Tür vernahm, die sich gegenüber der Stelle befand, wo Siegfried eingedrungen war. Als Axel sich Siegfried zuwandte, sah er zunächst nichts als eine kahle Wand. Dann brach die Tür hinter ihm auf und an der Wand, genau dort, wo Siegfried stand, erschien der riesenhafte Schatten eines Soldaten und das verzerrte, vergrößerte Abbild eines Gewehrs.

Axel wirbelte herum und schreckte aus seiner kauernden Position auf dem Bett hoch. Sein Blick erfasste die kalten blauen Augen unter den zusammengezogenen Brauen des hellhaarigen Mannes in der Tür.

Siegfrieds Augen waren auf Axel gerichtet. Konnte dieser wimmernde, Mitleid erregende Mann wirklich sein Schöpfer sein? Er gaffte den glatten und strähnigen schwarzen Haarschopf, die unordentliche Kleidung, die zerlumpten Schuhe an. Er verzog das Gesicht bei Axels zaghaften Worten, die nach der zittrigen Stimme einer verschreckten alten Dame klangen.

«Es tut mir Leid. Wissen Sie, ich habe zu fest geschlafen und gedacht, es wäre ein Traum, als ...»

Der Mann trat in das Mansardenzimmer und Siegfried konnte ihn nun deutlicher sehen. Unter der schwarzen hohen Feldmütze verbarg sich ein wie aus Granit gehauenes Gesicht: blass, vierschrötig, mit hohen Wangenknochen. Er trug eine schwarze Uniform. Die Kragenspiegel trugen Aluminiumabzeichen; links waren zwei silberne Blitze, rechts drei helle vierzackige Sterne. An der rechten Schulter blinkte eine silberne Kordel. Seine hohen Stiefel waren spiegelblank.

«So, so, Sie haben geschlafen. Oder haben Sie vielleicht nur versucht, etwas zu verstecken? Haben Sie noch mehr von Ihrem schändlichen Unflat geschrieben?»

Siegfried blickte angewidert von Axel zu dessen Peiniger. Wenn dies eine Geschichte der Lingenbande gewesen wäre, hätte er dem Opfer augenblicklich beigestanden. Doch nun, da er einen eigenen Verstand besaß, spürte er kein Erbarmen mit dem bibbernden Nervenbündel auf dem Bett.

«Diese ... diese Jammergestalt hat mich erschaffen!», rief er ungläubig aus, doch weder Axel noch der Uniformierte hörten ihn.

«Ich habe nichts geschrieben. Nicht seit ... so lange ich mich erinnern kann. Sie wissen, dass ich das nicht habe – und selbst wenn, wer würde es denn veröffentlichen, Herr Leutnant?»

«Hauptmann, darf ich doch bitten. Genauer gesagt SS-Hauptsturmführer Teufel.»

Er nahm an einem alten, aus einem Trödellager stammenden Tisch Platz, auf dem die Schreibmaschine stand, in der vor drei Jahren die Lingenbande zur Welt gekommen war. Er setzte die Mütze ab und legte sie sorgsam auf den Tisch.

«Wenn es Ihren jüdischen Freund Stieglitz nicht gegeben hätte, wäre nichts von dem Unsinn, den Sie verzapften, ans Tageslicht gelangt. Wo aber sind Ihre jüdischen Freunde jetzt, hm, da Sie sie brauchen?»

«Ich *habe* keine jüdischen Freunde.»

Siegfried kam seine Freundin Anna in den Sinn und ihn schockierte der abschätzige Klang von Axels Worten.

«Vielleicht, vielleicht auch nicht. Doch bald wird keiner von euch noch jüdische Freunde haben, und wir keine jüdischen Feinde mehr.»

Teufel drückte grob einige Typenhebel auf der rostigen Schreibmaschine nieder, ohne seine Aufmerksamkeit von Axel abzuwenden.

«Wie ist es denn mit Krüppeln? Dieser dämliche Dieter in Ihren Büchern scheint ja wohl nahe zu legen, dass Sie gewissermaßen, wie soll ich sagen, Sympathie für diese Untermenschen hegen. Mögen Sie Krüppel?»

Axel wand sich unter dem hartnäckigen Blick des Hauptsturmführers.

«Nein», flüsterte er, die Arme vor der Brust verschränkend.

«Ich höre Sie nicht, Hoffen.»

Axel krümmte sich erschöpft, sein Körper schien in sich zusammenzusacken. Teufel streifte seine schwarzen Lederhandschuhe ab und legte sie neben seine Mütze auf den Tisch. Ein Silberring an seiner rechten Hand mit einem Totenkopf und gekreuzten Knochen fing etwas von dem schwachen Licht der Stiege draußen ein. Teufel hatte sich in seinen blitzblanken Stiefeln hoch aufgerichtet und trat auf Axel zu.

«Muss ich mich wiederholen, Hoffen? Ich kann Sie nicht hören. Möchten Sie mir nicht antworten?»

Axels Kopf wankte von einer Seite zur anderen und Teufel sprach absichtlich gedehnt, als würde er sich an ein Kind oder einen Ausländer wenden.

«Heißt das nein, Sie werden nicht antworten, oder nein, Sie mögen keine Krüppel?»

Siegfried spürte Hoffnung aufkeimen, als Axel sich aufrichtete. Das Gesicht wirkte nicht mehr so angstverzerrt; es schien fast so, als wäre wieder Mut eingekehrt.

«Das heißt ...», begann Axel forsch, doch Teufels Faust krachte in seinen Mund und schleuderte ihn zurück aufs Bett.

Siegfried ging auf Teufel los, doch seine auf ihn eindreschenden

Arme bewirkten nichts weiter, als das blonde Haar des Hauptsturmführers etwas zu zerzausen. Der Mann in Schwarz blickte kurz zurück zur Tür, als böte sie die Erklärung für die Zugluft, die an seinem Ohr vorbeigestrichen zu sein schien.

«Bedanken Sie sich bei mir!»

Axel blickte in ängstlicher Verwirrung auf und sprach zu hastig, um damit einen weiteren Schlag zu vermeiden.

«Da … danke … danke schön.»

Teufel setzte sich neben Axel aufs Bett und ließ seinen angespannten und harten Kiefer zu etwas erweichen, das einem Lächeln gleichkommen sollte.

«Warum danken Sie mir?»

«Weil Sie, wenn ich es nicht tue, mich wieder schlagen werden.»

«Schon wahr. Aber da ist noch etwas. Wissen Sie, Hoffen, ich bin hergekommen, um Ihnen noch eine Chance zu bieten.»

Siegfried, so machtlos wie Axel, konnte nur zuhören.

«Sie möchten sich doch in den Augen unseres großen Führers bewähren? Stimmt's?»

«Ja freilich», murmelte Axel aus geschwollenen Lippen.

«Also, gut dann. Es läuft auf Folgendes hinaus, Hoffen. Sie sollen wieder eine Geschichte mit der Lingenbande schreiben, doch diesmal zu unseren Bedingungen. Ihre Aussage wird sozusagen mit unserer übereinstimmen.»

«Aber wie?»

«Es ist ganz einfach. Sehen Sie, die Jüdin Anna und den Krüppel Dieter lehnen wir ab. Sie haben diese Entarteten zu Freunden guter Deutscher wie Siegfried und Greta gemacht. Sie haben solche Freundschaften vielen jungen Menschen als annehmbar geschildert. Es ist Zeit, diesen Schaden zu beheben.»

Siegfried begriff nicht, warum Anna und Dieter abgelehnt wurden. Und «Entartete»? Was bedeutete das?

«Es wird keine netten Jüdinnen oder getreuen Krüppel mehr geben.»

«Sie wollen, dass ich ein Buch über die Lingenbande ohne Anna und Dieter schreibe?»

Teufel erhob sich vom Bett und schritt im kleinen Zimmer auf und ab.

«Das wäre zu einfach. So einfach, dass es nicht der Mühe wert wäre. Nein, wir haben uns gedacht, dass die Falschheit der Jüdin und die Nutzlosigkeit des Krüppels, dass diese Feststellungen den jungen Leuten klar eingetrichtert werden.»

Er machte kehrt und baute sich vor Axel auf.

«Verstehen Sie?»

«Ja.»

Siegfried hatte nichts verstanden. Der unterwürfige Blick in Axels blutverschmiertem Gesicht war jedoch leichter zu erfassen. Mit leichtem Schritt trat der unsichtbare Junge an die Seite seines Schöpfers. Ohne sich wirklich einen spürbaren Einfluss zu erhoffen, berührte er Axels kalte Stirn und flüsterte: «Du darfst das nicht tun. Was dieser Kerl auch immer von dir will, du darfst nicht darauf eingehen.»

Axel richtete sich zu voller Größe auf und stellte sich der imposanten Gestalt von Teufel. Er holte tief Luft und sprach mit einer Zuversicht, die selbst Siegfried überraschte.

«Ich verstehe schon. Aber ich werde es nicht machen. Ihre Leute vernebeln den jungen Menschen im Lande die Köpfe sowieso schon genug.»

Teufel, von dem plötzlichen Umschwung verblüfft, holte mit der Faust zu einem weiteren Schlag aus.

«Sie haben meine Bücher verbrannt. Niemand kann sie mehr lesen. Genügt das nicht?»

«Wagner! Kroll!», rief Teufel über die Schulter. «Bringt dieses Stück Abschaum ins Hauptquartier!»

Zwei Männer wie Kleiderschränke im gleichen einschüchternden Schwarz wie Teufel hasteten zur Tür herein und schnappten sich Axel. Der Hauptsturmführer hatte wieder seine Fassung gewonnen. Den Kopf belustigt geneigt, sagte er zu Axel: «Zufällig macht uns Ihre Weigerung nichts weiter aus. Damit Sie es wissen, wir haben für den Fall, dass Sie nicht mitspielen, bereits andere Vorkehrungen getroffen.»

Axel, dem seine Peiniger die Arme verdrehten, bäumte sich vergeblich auf.

«In genau zehn Minuten, während Sie sich unserer Gastfreundschaft im Hauptquartier erfreuen, werde ich mit einem, sagen wir mal, bereitwilligeren Autor sprechen. Noch heute Nacht wird er mit dem neuen Buch über die Lingenbande beginnen. Und es wird unter Ihrem Namen erscheinen. Sie werden Ihre Zustimmung schon noch geben. Wagner und ich verfügen über die nötigen Überzeugungsmittel.»

«Was macht es schon aus, ob ich zustimme oder nicht?», wagte Axel zu fragen. «Sie werden sowieso meinen Namen draufsetzen, oder?»

«Es macht was aus, mein lieber Hoffen, weil Ihre Bücher in ganz Europa gut bekannt sind. Ich möchte, dass Sie draußen im Land dieses Buch signieren und mit den jungen Leuten reden, deren Gemüter Sie mit Ihrem Gefasel angesteckt haben. Ich möchte, dass Sie denen sagen, Sie hätten ihre Verirrung eingesehen. Sie werden von einer Schule zur anderen und zu Treffen der Hitlerjugend reisen, selbstverständlich unter unserer Federführung. Na, begeistert Sie die Aussicht auf all die Reisen, auf all die Freiheit nicht, Hoffen?»

«Nicht besonders.»

Teufel winkte seinen Gefolgsleuten.

«Schafft ihn mir aus den Augen. Und, Wagner?»

«Ja, Herr Hauptsturmführer?»

«Gehen Sie nicht zu gesittet mit Herrn Hoffen um.»

Der stiernackige Wagner rieb sich mit der Hand über sein Stoppelhaar. Er grinste und schubste Axel auf die Tür zu. Siegfrieds verzweifelte Versuche, Axel zu befreien, erwiesen sich als wenig wirkungsvoll. Seine kraftlosen Haken fuhren durch den schwarzen Stoff ihrer Uniformen, als sie den blutenden Schriftsteller aus dem

Zimmer zerrten. Teufel folgte, nachdem er Mütze und Handschuhe wieder angezogen hatte. Nach einem letzten verächtlichen Blick ins Mansardenzimmer war auch er verschwunden.

Siegfried stand zwischen den Trümmern der eingetretenen Tür, hatte aber Angst, sich weiter hinaus zu wagen. «Noch heute Nacht» sollte ein neues, aber nicht erwünschtes Abenteuer der Lingenbande in jener heileren Welt von Leiningen beginnen. Doch selbst Leiningen war jetzt kaum mehr heil zu nennen. Zu welch erschreckenden Sachen würde dieser «bereitwilligere Autor» ihn und die anderen Bandenmitglieder zwingen? Und was würde aus Axel werden?

Siegfried zog sich in das Graue Zimmer zurück. Nur kurz nährte er seine Lebensgeister mit der Hoffnung, dass seine Mitstreiter auch aufgewacht seien. Doch als er wieder an diesem stillen, halbdunklen Ort war, saßen Greta, Anna und Dieter noch so da, wie er sie verlassen hatte.

In einer Ecke des Zimmers zusammengekauert, war Siegfried bereits des Denkens müde und von dieser vollständigen Machtlosigkeit erschüttert, die so anders war als die Stärke, die er in den Büchern zeigte. Zeit war für ihn vorher nie von Bedeutung gewesen. In den Geschichten fehlten ganze Stunden, manchmal Tage und Wochen, aber das wäre ihm oder den anderen nie aufgefallen. Und die Ruhezeit in diesem Grauen Zimmer mochte ein Jahr oder zwei, meinetwegen auch hunderte von Jahren betragen.

Nun wurde Siegfried aber das langsame Verstreichen der Zeit bewusst, weil er jede Minute lebendig war, jede schleppende Sekunde davon. Er erkannte, er würde nicht mehr auf ewig vierzehn sein. Er würde alt werden. Und dann?

Plötzlich setzte das Geräusch ein, auf das er gewartet hatte – obwohl er das erst merkte, als er es vernahm –, und scheuchte die immer schneller dahinjagenden Sekunden vor sich her. Es war das ferne Klappern einer Schreibmaschine. Irgendwo in dieser üblen Welt der Wirklichkeit hatte ein «bereitwilliger Autor» mit seiner verachtenswerten Arbeit angefangen.

Siegfried fand sich wieder auf den Beinen. Zuerst protestierte sein Verstand dagegen, in das imaginäre Dorf gerufen zu werden. Als er jedoch wie in Trance auf den zweiten grauen Torbogen zuging, sah er ein, dass es das Beste war, dem Ruf der Schreibmaschine zu folgen. Leiningen war ein behaglicherer Aufenthaltsort; und wenn er so leicht dorthin gezogen werden konnte, dann wurde er vielleicht gar nicht real. Dort würde er sich wenigstens nicht mit diesen verstörenden Gedanken herumschlagen müssen.

Als er nach und nach die Herrschaft über seine eigenen Gedanken verlor, sah er, wie die anderen sich von ihren Stühlen erhoben und auf den Leiningen-Torbogen zugingen. Er rief ihre Namen, und mit jedem Namen leerte sich sein Verstand ein wenig mehr. «Anna, Dieter, Greta …»

Der schimmelgraue Vorhang tat sich auf. Das blendende Sonnenlicht Leiningens brannte Finsternis in sein Gehirn und das vierte Abenteuer der Lingenbande begann.

Das letzte Abenteuer der Lingenbande

Teil 1

Siegfried Engel steht auf der verfallenen Brustwehr, die über der Ruine von Burg Leiningen aufragt. Eine warme Sommerbrise streicht durch seinen blonden Haarschopf. Sorgenfalten zeichnen sich auf seiner sommersprossigen Stirn ab, als er auf den schmalen Pfad zwischen den Bäumen hinabsieht. Das Treffen der Lingenbande hätte schon vor fünf Minuten beginnen sollen. Anna und Dieter kommen wieder zu spät. Siegfried fragt sich, ob die beiden ihre Bandenpflichten noch ernst nehmen.

Er klettert geschickt von der gefährlich hohen Mauer herab, die von einem dicken Mantel aus Efeu zusammengehalten wird. Unten angekommen, steigt er eine in den Burggrund eingelassene Treppe hinab. Diese moosbedeckten Granitschwellen führen zu einem Gewirr alter Weinkeller, wo sich der Unterschlupf der Bande befindet. Am Ende der Treppe ist ein auskragendes Steinportal, das den Eingang zum Hauptkeller markiert. Ein Vorhang aus alten Getreidesäcken hält die Zugluft ab, die oft die Treppenflucht herabweht. Das Zimmer ist säuberlich als Schlupfwinkel der Bande hergerichtet. Der Tisch, die Stühle und die Plakate an den Wänden vermitteln den Eindruck, dass er ständig benutzt wird.

Hinter einem zweiten zusammengeflickten Vorhang tut sich jedoch ein weiterer Steinbogen auf, hinter dem sich das echte Bandenzimmer verbirgt. Das war Siegfrieds Idee. Es sollte die anderen Banden täuschen, die in der Vergangenheit oft das Lager der Lingenbande angegriffen hatten.

Der letzte Angriff ist schon lange her. Denn seit der Machtergreifung unseres edlen Führers Adolf Hitler sind die Kräfte aller örtlichen Banden auf nützlichere und großartigere Zwecke gelenkt worden. Bis auf die Lingenbande. Die Knaben des Orts sind nunmehr Mitglieder der glorreichen Hitlerjugend (HJ). Die Mädchen sind mit ganzem Herzen beim Bund Deutscher Mädels (BdM). Sie benehmen sich nicht mehr wie wilde, rivalisierende Stämme im afrikanischen Dschungel. Stattdessen herrscht ein neuer Geist von Ordnung und vaterländischer Pflicht. Es lässt sich nicht abstreiten, dass dies für alle das Beste ist.

Als Siegfried den Hauptkeller durchschreitet, ist ihm ziemlich klar, dass die Lingenbande nur aufgrund seines Treuegefühls gegenüber den anderen weiter existiert. Anna, die Jüdin, und Dieter, der einarmige Krüppel, würden von diesen neuen Jugendverbänden nie aufgenommen werden. Das ist auch ganz recht so. Schließlich sind die Juden für so vieles verantwortlich, was Deutschland in den Niedergang geführt hatte. Dieter aber kann nie ein Kämpfer sein, doch das Deutsche Reich wird Kämpfer brauchen, um seinen rechtmäßigen Platz in der Welt wiederzugewinnen.

Auch wenn sein Treuegefühl diesen beiden gegenüber in letzter Zeit arg auf die Probe gestellt wurde, ist er noch zu sehr von törichtem Mitgefühl verblendet, um das zu tun, was er sich sehnlichst wünscht.

Jede Nacht vor dem Einschlafen malt er sich aus, wie er in dieser stolzen hellbraunen Uniform aussähe. Er stellt sich sogar in der noch prächtigeren Uniform des Scharführers der Leininger Hitlerjugend vor. Dieser am heftigsten erstrebte Rang ist noch nicht vergeben worden, wird es aber bald. Doch Annas dunkel getöntes hübsches Gesicht und Dieters Gestammel verderben ihm stets seinen Traum.

Siegfried schlägt den Jutevorhang zurück. Drinnen sitzt Greta mit ihren zu adretten Zopfschnecken geflochtenen Flachshaaren am Tisch in der Mitte des Raums, die Augen konzentriert auf den Bericht für das verzögerte Treffen gerichtet. Greta ist eine tüchtige Schriftführerin und widmet sich unermüdlich jeder ihr gestellten Aufgabe. Sie ist außerdem ein feinfühliges Mädchen und kennt sich mit Siegfrieds Stimmungen gut aus. Kaum ist er eingetreten, spürt sie seine Gereiztheit und Enttäuschung.

«Sie werden gleich da sein», sagt sie ihm tröstend.

Siegfried fällt schwer auf seinen dunkel gebeizten Stuhl.

«Vielleicht ist es Zeit, einen … einen Wechsel durchzuführen.»

Er schüttelt den Kopf, aber nicht aus Ablehnung, diese Möglichkeit zu erwägen, sondern aus echter Verwirrung. Die Ereignisse des vorigen Tages ertränken seine Gedanken in Wellen des Zweifels, der Verwunderung und vor allem der Verärgerung.

Der neue Versammlungssaal in Leiningen war die erste große Leistung des Gemeinderats unter der neuen nationalsozialistischen Führung von Herrn Hempel, der auch Bahnhofsvorsteher ist. Unter seiner wohlwollenden, aber strengen Aufsicht schufteten die vielen arbeitslosen Männer des Dorfes und des Umlands, dankbar, wieder Arbeit zu haben, mit der sie ihre Familien versorgen konnten, beharrlich in Regen und sengender Hitze. In knapp zwei Monaten erbauten sie ein hübsches zweistöckiges Gebäude, strichen es strahlend weiß an und versahen es mit Fachwerkbalken.

Nun steht Leiningens erstes Denkmal des Nationalsozialismus verkohlt und ausgebrannt da. Siegfried, der am Tisch des Bandenzimmers den Kopf hängen lässt, hat den Schauplatz, den er gestern zu Gesicht bekommen hat, lebhaft vor Augen.

Arbeiter mit starken Armen standen mit offenem Mund da, ihrer Kräfte kurzzeitig durch das Entsetzen beraubt. Mitglieder der örtlichen Braunhemdenschar, der SA, suchten unter den Trümmern nach dem, was noch zu retten war. Bäckermeister Stiefel, dessen lehmbraunes Hemd mit grauer Asche verschmiert war, weinte bitterlich, als er das verkohlte Porträt von Adolf Hitler hervorzog.

«Ihn können sie nicht zerstören!», rief er. «Schaut, sein Gesicht ist unversehrt. Ihn können sie nicht zerstören!»

Zu ihm gesellte sich Herr Hempel, der über einige geborstene Balken sprang, der Kragen abgerissen, die Ärmel entschlossen aufgekrempelt.

«Morgen fangen wir neu an», sagte er zu Herrn Stiefel – dann aber, einer plötzlichen Eingebung folgend, fügte er hinzu: «Nein. Heute. Noch diesen Tag. Noch diese Stunde.»

Er wandte sich an die Schar von Arbeitern und Braunhemden, die sich von seiner zähen Entschlossenheit angezogen fühlten.

«Macht ihr mit?», brüllte er. «Seid ihr für den Führer, Adolf Hitler?»

Das Geschrei, das sich erhob, jagte einem nach dem verblüfften Schweigen einen Schauer über den Rücken. Es hatte sich ein kleines Häuflein von Hitlerjungen versammelt, und auch sie erwiderten Herrn Hempels wiederholten Schlachtruf.

«Heil …»

«Hitler!»

«Heil ...»

«Hitler!»

«Heil ...»

«Hitler!»

Um den Gemeindesaal wimmelte es binnen Minuten froh und geschäftig wie in einem Bienenstock. Ganz in Siegfrieds Nähe sprach Herr Hempel leise mit den Burschen in Uniform.

«Eure Aufgabe», sagte er, «wird darin bestehen, an der Seite der Männer zu arbeiten und, wenn ihr könnt, irgendwelche Beweismittel dafür zu finden, wie dieser Brand gelegt wurde. Nur dann werden wir dem Abschaum auf die Spur kommen, der diese ... diese Entweihung verbrochen hat.»

«Aber wir wissen doch, wer es war», rief Herr Stiefel im Vorbeigehen aus, einen gewaltigen verkohlten Balken geschultert. «Die Kommunisten, die Juden. Verdammt noch mal, das sind alles Juden, das wissen Sie so gut wie ich.»

Er zählte die Namen der von ihm verdächtigten Dorfbewohner auf. Siegfried war nicht überrascht, den von Annas Vater zu hören, dem Oberhaupt der etwa zwanzig Juden in Leiningen. Karl Matthias war nicht nur Jude, sondern auch ein allenthalben bekannter Kommunist, was ihn doppelt verdächtig machte.

«Wir sollten jeden einzelnen von diesen Stänkerern verdreschen», versteifte sich der Bäckermeister. «Wir sollten sie ausräuchern aus ...»

Herr Hempel legte Herrn Stiefel die große rußverschmierte Hand auf die Schulter.

«Zuerst müssen wir Beweise finden», sagte er. «Und es *wird* Beweise geben; denn Sie wissen doch, diese Leute sind bei all ihrer Verschlagenheit im Grunde strohdumm. Wenn wir herausbringen, wer verantwortlich ist, dann verspreche ich Ihnen, dass unsere Rache fürchterlich sein wird.»

Bevor er Herrn Hempel erreichte, sprudelten Siegfried bereits in irrsinniger Eile Worte heraus und er versuchte verzweifelt, die Stimme des Selbstekels in sich zum Schweigen zu bringen.

«Ich will mithelfen», bat er. «Das muss ich. Es ist meine Pflicht, und ich bin gut im Suchen von Hinweisen und Dingen und ...»

Herr Hempel hörte geduldig zu und strich sich dabei nachdenklich übers Kinn. Als Siegfrieds Ausbruch in einem verwirrten Gestammel geendet hatte, sprach Herr Hempel freundlich, aber auch ehrlich:

«Siegfried, du bist ein guter Kerl, solche Burschen braucht das Vaterland, geborene Führer. Doch es ist schlicht und ergreifend so – und das sage ich ohne böse Absicht, glaub mir. Wenn du nicht für uns bist, bist du gegen uns. Es kann jetzt nur noch eine Bande geben. Und wir müssen alle mit dazugehören.»

Siegfried wandte sich mit blassem und sorgenzerfurchtem Gesicht zum Gehen.

«Ich weiß, du wirst dich uns anschließen», fügte Herr Hempel hinzu. «Nur warte nicht zu lange damit. Wenn es nach mir ginge, solltest du der Anführer unserer Hitlerjugend sein. Denk daran.»

Am Tisch im Bandenzimmer muss Siegfried bei der Erinnerung an diese Worte wieder lächeln – Worte, die seitdem in seinem Kopf herumspuken. Doch dann hört er von oben das gedämpfte Trappeln eilender Füße. Ich gebe ihnen noch eine letzte Chance, denkt er, bloß noch eine Chance. Selbst wenn Annas Vater ziemlich sicher am Niederbrennen des Gemeindesaals beteiligt war, kann er ihr wohl keine Schuld geben. Selbst wenn Dieter oft genug kaum mehr als ein Mühlstein um seinen Hals ist, schwerfällig im Kopf und im Körper, kann Siegfried ihn nicht verstoßen.

Das ist seine irrige Auffassung, als er entscheidet, wie er sie auf die Probe stellen will – und damit seinen eigenen Wert in den Augen des Dorfes. Anna taucht im Rahmen des steinernen Bogens auf. Ihr dunkles Haar ist verschwitzt, in den Armen hält sie weiße Rosen und lila Heidekraut.

«Entschuldigt, dass ich so spät bin, aber ich konnte diesen Blumen nicht widerstehen.»

Hinter Anna trottet nun auch Dieter herein, der leere Ärmel seines schmutzigen Mantels baumelt nachlässig herum.

«Tu-tu-tut mir Leid ...»

«Ist schon gut, Dieter», sagt Siegfried trotz seiner Verärgerung.

«Ich ha-ha-habe mich wieder verirrt!»

Der Weg vom Dorf durch den Wald ist kurz und schnurgerade. Nicht zum ersten Mal wundert sich Siegfried, wie jemand da vom Weg abkommen kann. Sogar sein vierjähriger Bruder Karl ist schon oft zur Burg heraufgewackelt, um ihn zum Abendessen zu holen.

Schließlich wird, nachdem Anna noch darauf bestanden hat, die Blumen hinzustellen, die Sitzung offiziell eröffnet. Greta trägt den Schriftführerbericht in ihrer üblichen selbstsicheren Art vor. Es gibt keine leichtfertigen Scherze, nur eine klare, nüchterne Aufzählung der Aktivitäten der vergangenen Woche. Einen Ausflug an den sieben Kilometer entfernten Ebsee, der Weiterbau am neuen Baumhaus direkt am Weg, das als Ausguck genutzt werden soll, die Planung für einen Tagesausflug nächsten Monat zum Schützenfest im zwanzig Kilometer entfernten Tegernsee.

«Zwanzig!», entfährt es Dieter, doch er verstummt gleich wieder unter Siegfrieds schneidendem Blick.

«Anna», fragt Siegfried, «kannst du uns bitte den Kassenbericht geben?»

Annas dunkel getöntes Gesicht errötet, als sie in den vielen Taschen ihrer wollenen Strickjacke sucht.

«Ich habe ihn anscheinend daheim vergessen. Es tut mir Leid.»

Siegfried wendet sich an Greta. Er bemüht sich, durch ihren offenen Argwohn nicht noch stärker an ihre Geldprobleme der letzten Zeit erinnert zu werden. Neuerdings scheinen die Einnahmen und Ausgaben, die sowieso nicht recht groß sind, nie richtig aufzugehen. Annas einzige Anwort auf seine Nachfragen, die er behutsam formuliert, um sie nicht zu beleidigen, besteht nie aus mehr als einem fadenscheinigen Lächeln. Er beschließt, die Angelegenheit fürs Erste ruhen zu lassen und sein dringliches Vorhaben zur Sprache zu bringen.

«Hoffentlich hast du beim nächsten Treffen den Kassenbericht dabei. Jetzt aber habe ich euch allen etwas Wichtiges vorzutragen.»

Annas geübtes Lächeln erlischt und Dieter seufzt bei der Aussicht, wieder einmal von dem energiegeladenen Siegfried zu großen Taten angespornt zu werden. Nur Greta richtet sich in freudiger Erwartung auf.

«Ihr wisst alle, was mit unserem neuen Gemeindesaal passiert ist», fängt er mit äußerst sorgfältig gewählten Worten an, «und was da geschehen ist, war Unrecht. Die Lingenbande hat schon immer das Unrecht bekämpft, und wenn wir als Bande überleben wollen, müssen wir es diesmal wieder tun.»

Dieter und Anna werden unruhig. Wie um sie zu beschwichtigen, mildert Siegfried seinen Tonfall.

«Einige Leute haben bei diesem Verbrechen schon voreilige Schlüsse gezogen», fährt er fort, «aber ich ... wir sollten entschlossen sein, die wahren Schuldigen zu fangen ...»

Er blickt über ihre Köpfe, um ihnen nicht in die Augen sehen zu müssen oder seinen Argwohn zu verraten.

«... wer sie auch sein mögen.»

«Aber we-we-wenn niemand sonst sie ha-ha-hat finden können, wie sollen wir das?»

«Das ist uns noch nie schwer gefallen», sagt Siegfried mit sicherer Stimme. «Wer hat die verschwundenen Fahrräder bei Herrn Dielen gefunden? Und wer hat meinen Bruder Karl gerettet, als das ganze Dorf schon die Hoffnung aufgegeben hatte?»

«Die Li-li-lingenbande!», platzt Dieter mit närrischem Stolz heraus. Doch dann, nach einer nachdenklichen Pause, fügt er hinzu: «Aber wie ... wo-wo-wo fangen wir an?»

Alle Augen wenden sich Siegfried zu.

«Herr Hempel ist sicher, dass am Gemeindesaal ein Hinweis zu finden ist, sie haben ihn bis jetzt nur noch nicht gefunden. Seht ihr denn nicht – das ist das, worauf wir uns immer vorbereitet haben, die Gelegenheit, einen echten Fall zu lösen und wirkliche Verbrecher vor Gericht zu bringen.»

Zu Siegfrieds Überraschung piepst Anna lustig los.

«Ja, warum eigentlich nicht? Ich wette, es gibt eine fette Belohnung. Denkt an all die Sachen, die wir anschaffen könnten.»

Hat sie keine Ahnung, dass ihr Vater am schwersten unter Verdacht steht? Oder weiß sie es und schert sich nicht darum? Ist ihr das Geld wichtiger als das Wohlergehen ihres Vaters? Ist sie vielleicht auch von den kriminellen Fähigkeiten ihres Vaters so überzeugt, dass sie sicher ist, er habe keine Spuren hinterlassen? Siegfried schiebt diese Fragen einstweilen beiseite und unterbreitet seinen Plan.

Um sieben Uhr abends soll im großen Haus von Herrn Hempel, das dem Saal gegenüber, am anderen Ende des Dorfes liegt, eine Versammlung stattfinden. Siegfried baut darauf, dass das Gebäude für eine Stunde unbewacht sein wird, vielleicht sogar länger. Das bietet eine ausgezeichnete Gelegenheit, die Brandruine zu erkunden.

Der Plan wird rasch angenommen und es wird vereinbart, sich um zwei Minuten vor sieben am Saal zu treffen. Als sie über den Waldweg nach Hause eilen, fallen Anna und Dieter bald zurück. Greta flüstert besorgt: «Wenn Annas Vaters darin verwickelt ist – na ja, ich will ihr eigentlich nicht misstrauen, aber wenn sie was davon weiß, wird sie ihm dann nicht verraten, was wir vorhaben?»

«Ich habe gerade das Gleiche gedacht», meint Siegfried und blickt auf die Uhr. «Es ist sechs Uhr, Greta. Am Gemeindesaal wird niemand mehr sein. Sie werden zu Hause essen.»

Siegfried presst fest die Zähne zusammen und rüstet sich für das erste Täuschungsmanöver gegen die Mitglieder der Lingenbande.

«Wir durchsuchen den Saal. Jetzt. Bloß du und ich.»

Am Dorfrand blickt er über die weißen Giebel mit ihren schwarz bemalten Dachbalken und über die Schindeldächer. Rote Fahnen mit dem schwarzen Hakenkreuz hängen aus vielen Fenstern, um die Begeisterung der Leute über den von unserem Führer herbeigeführten Umschwung auszudrücken. Siegfrieds Herz ist schwer. Wie kann er sich dem Waffenruf des großen Feldherrn verweigern?

Greta spürt seine innere Unruhe.

«Alles wird gut werden», sagt sie.

«Das hoffe ich», antwortet er. «Und ich hoffe von ganzem Herzen, dass ich falsch liege, wenn ich Anna und Dieter nicht mehr traue. Das tu ich wirklich.»

Das Dorf Leiningen, an den unteren Abhang des Lingenkogels gebaut, hat drei abschüssige Straßen. Die obere heißt Oberstraße, die mittlere Mittelstraße und die untere Unterstraße. Am oberen Ende der Oberstraße befinden sich die Überreste des Gemeindesaals. Siegfried und Greta gehen an der Rückseite der Häuser der Oberstraße entlang und betreten die Brandstelle von hinten.

Wie Siegfried angenommen hatte, ist der Saal unbewacht. Sie machen sich leise und gründlich auf die Suche. Siegfried hebt geborstene Balken und herabgefallene Mauerbrocken hoch, damit Greta darunter stöbern kann.

Zuerst verstreicht die Zeit langsam, als wolle sie Schritt halten mit der gründlichen Sorgfalt ihrer Ermittlungen. Bald aber ertappt sich Siegfried dabei, wie er immer öfter auf die Uhr schaut. Allmählich überwältigt ihn die Gewissheit, dass sie ihre Aufgabe nicht bewältigen können; und wenn Greta nicht so beharrlich gewesen wäre, hätte er womöglich die Suche aufgegeben, als die Kirchturmuhr im stillen Dorf die halbe Stunde schlägt.

«Wir finden schon was», sagt sie entschlossen. «Das tun wir doch immer.»

Unter Aufbietung seiner letzten Kraftreserven hebt Siegfried einen gewaltigen Betonbrocken an und wälzt ihn herum, wobei ihm der Schweiß in Strömen vom Gesicht läuft. Grauer Staub wirbelt auf. Jede Fluse wird vom Gewirr aus Sonnenstrahlen beschienen, das durch die Lücken im beschädigten Dach hereinfällt.

Plötzlich werden ihre Blicke zu einem schmalen, klar abgegrenzten Lichtstrahl gezogen. Sie folgen der schwertähnlichen Spur vom Dach bis zu den Trümmern darunter. Dort ist das gesuchte Objekt, blitzend wie ein in Fels eingebetteter Edelstein.

Mit klopfendem Herzen bückt sich Siegfried, schnappt sich den Fang und hält die Hand ins Licht. Greta atmet rasch und flach.

«Das ist der Deckel eines Benzinkanisters», flüstert Siegfried.

Er bläst den Staub weg und sieht, dass er ziemlich neu und vom Feuer, das er entfesseln half, unversehrt ist. Er schaut genauer hin und schließt mit einem Schauder die Finger fest darum. Er drückt die Faust an die

Stirn und kneift die Augen zu, um seinen Schmerz und seinen Zorn nicht hinauszuschreien. Greta kommt her und berührt seine Hand, die sich wie eine Blume öffnet.

Auf der Unterseite der Verschlusskappe sind unbeholfen zwei Initialen ins Blech geritzt: «K.M.»

«Karl Matthias», stößt Greta hervor. «Annas Vater!»

Ein bereitwilligerer Autor

Aus dem Albtraum des neuen Leiningen geschleudert, lag Siegfried auf dem Boden des Grauen Zimmers. Er war wieder Herr seines eigenen Verstandes – zumindest bis der nächste Ruf der Schreibmaschine ihn zurück in den Voralpenhimmel scheuchte, der nun so höllisch war wie die Stadt um Axels Mansardenzimmer. Er war mit wenig oder gar keinem Wissen über das neue Deutschland nach Leiningen getrieben worden, kehrte nun aber mit der schrecklichen Gewissheit zurück, dass sich alles verändert hatte. Dort herrschte ein neues höheres Wesen, ein Gott des Vorurteils und des Argwohns: Adolf Hitler.

Wie viel harmloser waren die Abenteuer der Vergangenheit gewesen! Etwa die Geschichte mit den fehlenden Fahrrädern, die nicht gestohlen, sondern nur vom Schmied versteckt worden waren. Herrn Dielens Geschäfte gingen schlecht und seine junge Familie musste oft hungern. Schließlich gab er der Zunahme der Fahrräder im Ort die Schuld daran, dass immer weniger Pferde zu beschlagen waren, und griff drastisch durch.

Jedes Fahrrad, das er in die Hände bekommen konnte, vergrub er auf dem Grundstück hinter seiner Schmiede. Er wickelte jedes sorgfältig ein, damit keines verrostete. Bald, so rechnete er, würden die Leute wieder Pferde kaufen und die Freuden der alten Zeit so sehr genießen, dass sie auf die Fahrräder verzichten würden, die er nacheinander wieder ausbuddeln und dorthin bringen wollte, wo er sie entwendet hatte.

Die Lingenbande durchschaute natürlich diesen irrwitzigen Plan. Am Ende der Geschichte konnten sie ihn davon überzeugen, dass er das Fahrrad wie so viele neue Erfindungen nicht zu fürchten hatte. Es galt, sie zu akzeptieren und sogar noch Vorteil daraus zu ziehen. Das Buch endete mit der großen Eröffnung von

Herrn Dielens Fahrradreparaturwerkstatt, in der sein Sohn arbeiten würde. Wie alle Geschichten der Lingenbande, bot auch diese eine gute und zeitgemäße Moral – das heißt, wie alle bisherigen Geschichten.

Wenn schon die Veränderung Leiningens gewaltig war, so war die Veränderung bei den Leuten noch drastischer. Herr Hempel, der sanftmütige Bahnhofsvorsteher, sprach von einer Rache, die «fürchterlich» sein würde. Bäckermeister Stiefel, sonst stets gut gelaunt, vergoss bittere Tränen.

Die Lingenbande war ebenfalls noch nie so dargestellt worden. Dieses ganze Gerede von Schriftführerin, Kassiererin und Berichtsvorlagen belustigte Siegfried. Eines war ihm klar. Dieser «bereitwilligere Autor», wer auch immer es sei, hatte Axels Geschichten nie gelesen. Wenn ja, dann hätte er nämlich gewusst, dass die Bande nicht wie ein Gemeinderat organisiert war. Diese Formalitäten, mit denen Erwachsene sich abgeben müssen, hatte es bei ihnen nie gegeben.

Anna, die Träumerin und Naturfreundin, war nun eine verschlagene und wenig überzeugende Lügnerin. Dieter, lange der Witzbold der Lingenbande, war kaum mehr als ein stotternder Einfaltspinsel. Und bei Greta hatte die nachdenkliche Ernsthaftigkeit einen gefährlichen Zug ins eisig Unterkühlte angenommen.

Am schlimmsten war aber die Veränderung bei Siegfried selbst. Er war nicht mehr vertrauensvoll und treu den anderen gegenüber, sondern von nagenden Zweifeln an ihnen erfüllt. Sonderbare Zwangsvorstellungen waren ihm auferlegt worden, bei denen ihm ganz übel wurde – Zwangsvorstellungen in Bezug auf Adolf Hitler, das Vaterland, die Hitlerjugend.

Er erhob sich aus der Asche des Grauen Zimmers und ging auf den nicht klar umrissenen Tisch zu. Wie zuvor saßen die anderen bewegungslos da. Er widerstand der Versuchung, an ihren ausgestreckten Armen zu zupfen.

Wenn das die letzte Geschichte der Lingenbande sein sollte, was sollte dann aus ihnen werden? Würden sie alle für immer verschwinden? Oder würden er und Greta am Leben bleiben dürfen, um eine ganze Reihe abscheulicher Streiche zu verüben, während Anna und Dieter einer leeren Ewigkeit überantwortet wurden? Wenn das so war, musste er das unterbinden. Doch wie? Wie, wenn er in der wirklichen Außenwelt unbedeutender als das winzigste Insekt war.

Siegfried lehnte sich an die Wand. Er schloss die Augen und spürte auf einmal, wie etwas seitlich an seinem Gesicht vorbeistrich. Etwas Raues, Trockenes, wie Stoff – wie ein Getreidesack. Er machte die Augen auf, um sich zu orientieren. Gewiss, die beiden verhängten Torbögen befanden sich noch wie immer ein Stück weg einander gegenüber. Er drehte sich dorthin um, wo eine leere Wand hätte sein sollen, und trat verblüfft einen Schritt zurück. Ein dritter Torbogen!

Das musste der Durchgang zum Haus des neuen Schriftstellers sein. Siegfried blieb nichts anderes übrig, als hindurchzugehen. Er musste diesen Fremden davon abbringen, an dieser verhassten Geschichte weiterzuschreiben.

Eine hohe, reich verzierte Stuckdecke wölbte sich über einem großen Schlafzimmer. Auf den ersten Blick schien das hier ein Hort des Reichtums und Wohlstands zu sein. Als sich Siegfrieds Augen an das trübe gelbe Licht der Nachttischlampe gewöhnt hatten, sah er jedoch, dass der scheinbare Glanz schon etwas verblichen war. Die langen, betroddelten Vorhänge waren an den Ecken ausgefranst. Der Teppich unter seinen Füßen war an einigen Stellen so abgetreten, dass die Holzdielen darunter durchschienen.

Der Schriftsteller, falls er einmal reich gewesen war, hatte schlechte Zeiten durchgemacht oder war knausrig geworden. Das Bild eines Geizhalses schien Siegfried besser zu passen. Wer würde für SS-Hauptsturmführer Teufel die Drecksarbeit machen, wenn nicht ein Mann, der bereit war, für Geld alles zu tun?

Siegfried glitt auf das breite Himmelbett zu. Der ausladende, bestickte Baldachin war so mottenzerfressen wie der lange Vorhang. Neben der rußgeschwärzten Nachttischlampe aus Kristallglas warf der Inhalt einer halb leeren Weinflasche einen dunkelroten Schatten auf ein runzliges Gesicht, das tief ins Kissen gesunken war. Strähnen grauweißer Haare ringelten sich über den fleckigen Kissenbezug. Aus dem Mundwinkel des alten Mannes lief eine Spur getrockneten roten Speichels zum Kinn.

Als er näher trat, bestürmte Siegfried der verderbliche, essigsaure Geruch abgestandenen Alkohols. Der alte Mann brabbelte verdrießlich in seinem benebelten Schlaf und sein Kopf rollte wie ein pockennarbiger Stein, der nie Ruhe finden würde, auf dem Kissen hin und her. Siegfried wurde übel bei dem Gedanken, dass das Schicksal der Lingenbande in diesen jämmerlichen Händen lag, die wie aufgescheuchte weiße Spinnen über die Bettdecke zuckten.

Nahe beim Bett befand sich ein reich verzierter Schreibtisch. In dessen Mitte stand eine Schreibmaschine, flankiert von einem Stapel frischer weißer Blätter. Siegfried linste auf die oberste Seite.

«Das letzte Abenteuer der Lingenbande, Teil 1», stand da. «Siegfried Engel steht auf der verfallenen Brustwehr, die über der Ruine von Burg Leiningen …»

Neben den Blättern lag ein Bündel Briefumschläge, alle an einen «Herrn Hans Gott» adressiert. Auf dem Schreibtisch stand auch in einem silbernen Rahmen ein Foto. Auf dem lächelte ein junges Paar an seinem Hochzeitstag. Doch die Augen der Frau verrieten eine undeutliche Wehmut.

Der alte Mann im Bett ächzte noch unbehaglicher und Siegfried war sicher, dass er gleich aufwachen würde. Er wusste, dass er keine Angst zu haben brauchte. Weder Axel noch der SS-Mann hatten ihn bisher sehen oder hören können.

Niemand sowohl im Grauen Zimmer als auch in dieser realen Stadt Berlin konnte ihn sehen. Nur im Traumland von Leiningen war er sichtbar. Doch der Siegfried, den die Dorfbewohner sahen, war nicht der Siegfried, der er sein wollte. Wenn er nicht bald handelte, würde er wieder an diesen Ort verfrachtet werden. Herrn Gotts Schlaf war so gestört, dass die Rückkehr nach Leiningen jeden Augenblick eintreten konnte.

«Wenn ich diese Seiten an mich nehme, die er getippt hat, muss er wieder von vorn anfangen – und ich kann sie ihm immer wieder wegnehmen, bis er aufgibt.»

Seine Brust schwoll vor Erleichterung an und er lachte laut auf bei dem Gedanken, dass es so leicht war, wo doch noch Augenblicke zuvor alles unwiderruflich verloren schien. Er senkte die Hände, um die losen Seiten aufzuheben.

Sie ließen sich nicht bewegen. Er versuchte es erneut, aber obwohl er sie packen konnte, waren sie nicht hochzuheben. Sie hätten genauso gut aus dem schwersten Metall des Universums hergestellt sein können, so unbeweglich waren sie.

Herr Gott setzte sich im Bett auf, schwankte und glotzte im Zimmer umher.

«Wer ist da?» Als Siegfried floh, flatterte die oberste Seite auf dem Schreibtisch kurz auf und rührte sich dann nicht mehr. Die glasigen Augen des alten Mannes verengten sich und blieben vergrämt am Schreibtisch haften.

«Dieses verdammte Buch», murmelte er zu undeutlich, als dass es Siegfried auf seinem hastigen Rückzug ins Graue Zimmer noch hören konnte, «bringt mich noch ins Grab.»

Er warf die Bettdecke zurück und torkelte zitternd auf die Schreibmaschine zu.

«Ich kann nicht weitermachen», sagte er, «aber ich muss weitermachen.»

Er langte nach hinten zur Flasche am Nachttisch, hob den Wein an seine Lippen und schluckte lange und kräftig, bis die Flasche leer war. Er setzte sich an den Schreibtisch, blickte betrübt auf das Foto im Silberrahmen und schlug die Typenhebel an:

T – E – I – L …

Er hämmerte einen Finger auf die Zahl 2.

Die Protestschreie des Jungen aus dem Grauen Zimmer verhallten ungehört und verstummten bald. Die Lingenbande konnte nicht anders, als dem Ruf nach Leiningen zu folgen.

Das letzte Abenteuer der Lingenbande

Teil 2

Knapp einen Kilometer unterhalb des Dorfes und nicht weit vom Bahnhof liegt der Hof der Engels. Seit fünf Generationen haben sie die 35 Hektar im Tal bearbeitet, die eines Tages Siegfried gehören werden. Er liebt die schweißtreibende und mühevolle Viehzucht und besonders die fruchtbare Scholle dieses Landstrichs. Heute jedoch kann er nicht den üblichen Stolz empfinden, als der Unterlingenhof in Sicht kommt. Er hat fünfundzwanzig Minuten Zeit, um zu essen, damit er um sieben wieder am Gemeindesaal ist, wo die Durchsuchung nunmehr bloß noch zum Schein durchzuführen ist.

Die Familie sitzt bereits am Tisch, als er in die Küche platzt und sich in seinen Entschuldigungen fast verhaspelt. Sein Vater Heinrich, der von ehrlichem und aufrechtem Schlag ist, bemüht sich nicht, sein Missfallen zu verbergen. Seine Stimme schallt tief und volltönend als der wahrhaft deutsche Klang, wenn er sie über das eifrige Geschwätz von Siegfrieds durchweg strohblonden Geschwistern erhebt: drei jüngeren Brüdern und zwei älteren Schwestern.

«Man lässt Mutter doch nicht so warten.»

«Entschuldigung, Vater», sagt Siegfried und wendet sich an seine rotbäckige Mutter. «Es tut mir ausgesprochen Leid, Mutter.»

Von ihrem offenherzigen Lächeln beschwichtigt, setzt er sich hin und wartet darauf, dass sein Vater ihnen erlaubt, mit dem Essen anzufangen. Siegfried, der nicht gern Ausflüchte gebraucht, wünscht, er könnte ihnen erzählen, was ihn aufgehalten hat. Er sagt aber nichts, da er diese glückliche deutsche Familie nicht in Unfrieden stürzen will.

«Mahlzeit», tönt sein Vater, und sie greifen zu.

Die Knaben Heni, Max und Karl stürzen sich gierig auf das Essen. Die Mädels Frieda und Martha erinnern sie an ihre guten Manieren, wie es Brauch und Sitte ist. Siegfried isst schweigend, versucht seine Eile zu verbergen. Heinrich, der versonnen an die morgige Feldarbeit denkt, scheint nichts zu bemerken. Seine Frau ist empfänglicher für Siegfrieds Unrast. Zwischen ihnen brauchen keine Worte gewechselt zu werden.

Das Essen aus Bratkartoffeln mit Bohnen und Schweinswürsten ist bald verzehrt. Als sie auf das süße Versprechen von Mandarinenscheiben warten, reißt Heinrich sich aus seinem Tagtraum und betrachtet Siegfried. Seine versteinerten Züge werden weicher, als er sich an seinen Sohn wendet, der verstohlen auf die Uhr blickt.

«Herr Hempel hat sich wieder nach dir erkundigt, Siegfried. Er hält sehr viel von dir, wie du weißt.»

Da der Bahnhof und der Unterlingenhof so nah beieinander liegen, vergeht kaum ein Tag, an dem Herr Hempel und Heinrich sich nicht begegnen. Ihr Gespräch kommt stets auf den gleichen Gegenstand: Siegfrieds Führungsqualitäten. Heinrich ist eindeutig darauf aus, dass sein Sohn Herrn Hempels Rat befolgt und sich der Hitlerjugend anschließt.

«Ich habe heute Vormittag mit Herrn Hempel gesprochen», sagt Siegfried.

Heinrich strahlt, als er das hört, und seine Frau nickt wissend.

«Dann ist es ja gut und ich brauche dazu nichts weiter zu sagen. Ich überlasse es dir.»

Zwar ist Siegfried dankbar für das Vertrauen seines Vaters, verspürt jedoch gleichzeitig heftige Gewissensbisse wegen seiner Eile, wieder wegzukommen. Er bringt es einfach nicht über sich, vom Tisch aufzustehen, obwohl seine Uhr ihm verkündet, dass es bereits fünf Minuten vor sieben ist.

«Solltest du jetzt nicht besser gehen?», schlägt seine Mutter vor.

«Gehen?»

Über Heinrichs wettergegerbtes Gesicht breitet sich ein Lächeln.

«Du hast dich in den letzten zwanzig Minuten benommen, als hättest du Hummeln im Hintern», lacht er. «Du solltest besser loslaufen, bevor sie zu stechen anfangen!»

Siegfried springt auf und stürmt zur Tür.

«Ein weiteres Abenteuer?», fragt sein Vater mit einem nachsichtigen Lächeln.

«Ja, aber diesmal ein anderes. Und – Vater?»

«Ja?»

Siegfrieds Arm reckt sich gerade wie eine Eisenstange nach oben.

«Heil Hitler!»

Heinrich stellt sich stolz ans Ende des Familientisches und antwortet auf den Gruß.

«Heil Hitler!»

Eine Minute vor sieben erreicht Siegfried die Ruine des Gemeindesaals. Greta ist schon da, und wie er es erwartet hat, ist sie allein. Die Verschlusskappe des Benzinkanisters brennt wie eine heiße Kohle in seiner Tasche, als er die leeren Kopfsteinpflasterstraßen nach einer Spur von Anna oder Dieter absucht. Das goldene Licht der tief stehenden Abendsonne mildert etwas das blütenreine Weiß der absteigenden Häuserreihen. Es scheint unmöglich, dass Böses an diesem Ort lauern kann. Unmöglich – bis er sich umdreht und den verwüsteten Saalbau ansieht. Unmöglich – bis er in der Ferne Dieters unbeholfen stockendes Pfeifen hört.

«Das ganze Dorf wird ihn kommen hören», braust Siegfried auf.

Dieter schlurft um die Ecke in die Oberstraße. Siegfried legt den Finger auf die Lippen, um ihn zum Schweigen zu bringen. Die Geste sagt dem geistig minderbemittelten Knaben nichts, denn er ruft froh: «Ich bi-bi-bin fast pünktlich.»

Gretas sanfte Hand an seinem Arm beruhigt Siegfried. Als Dieter sich die letzten steilen Meter hinaufmüht, verlangsamt sich sein Schritt zu einem Kriechen. Mitleid erfüllt Siegfrieds Herz; doch gerade das, denkt er, ist nutzlos. Er verwirft schnell den Gedanken, dem Knaben beizuspringen. Dieter muss lernen, allein zurechtzukommen, so viel ist klar.

Zum ersten Mal erkennt Siegfried, dass Dieter irgendeine besondere Hilfe braucht, eine Art Ausbildung, die ihn befähigen wird, ein unabhängiges Leben zu führen. Siegfrieds Bemühungen haben wenig Erfolg gezeigt und Dieter ist noch so abhängig von ihm wie eh und je. Wenn es nur jemanden gäbe, der Bescheid wüsste, was mit einem Buben wie ihm zu tun wäre. Es könnte eine Zeit kommen, in der Siegfried nicht mehr da wäre. Was würde Dieter dann tun?

«Wir we-we-werden da nie was finden», klagt Dieter und deutet auf den Saal.

«Vielleicht hast du Recht», sagt Siegfried. Er schaut auf die Oberstraße in dem sicheren Gefühl, dass Anna nicht kommen wird.

Obwohl sie die zweite Chance, die er ihr bot, vertan hat, möchte er ihr noch eine Gelegenheit geben, sich zu bewähren. Es bleibt nur eines übrig. Er wird zu ihrem Haus gehen und mit ihr reden müssen. Er kann ihr nicht ins Gesicht sagen, was er weiß, aber er wird die Wahrheit andeuten und schauen, ob sie bereit ist, ihm gegenüber ehrlich zu sein. Er sieht zu, wie Dieter verzagt gegen einen versengten Holzbalken tritt und stählt sich für die Notlüge, die er zu verkünden hat.

«Vergessen wir's», sagt er. «Wenn die anderen keine Beweise gefunden haben, wie sollen wir es dann? Wir sind bloß zu dritt.»

Dieter gluckst vor Erleichterung.

«Wir we-we-werden hingehen und die Leute fragen, ob sie Ba-babalken fürs Baumhaus übrig haben.»

«Das hat keinen Sinn», erklärt Greta. «Alle sind in der Versammlung bei Herrn Hempel.»

«Ni-ni-nicht alle.»

Dieters Antwort trifft Siegfried bei all ihrer anscheinenden Unschuld hart. «Nicht alle.» Siegfried fallen Herrn Hempels Worte wieder ein: «Wer nicht für uns ist, ist gegen uns.» Er sollte auch bei der Versammlung der Dorfbewohner sein, doch es gibt Arbeit zu erledigen. Er kann nur hoffen, dass ihm all diese Leute vergeben, wenn sie herausfinden, dass er versucht, die Teufel in ihrer Mitte auszurotten.

«Ich gehe heim», verkündet er.

Ein verstohlener Blick überzeugt Dieter, dass seine üblichen Bitten vergeblich sein werden. Er schlurft die Oberstraße mit gekrümmten Schultern hinunter. Dabei verzieht er sein Gesicht zu einem weinerlichen Grinsen, das dem eines traurigen Clowns gleicht.

«Bis morgen, Dieter», ruft Siegfried.

«Du tust schon das Richtige», sagt ihm Greta, als Dieter aus ihrem Blickfeld verschwindet.

«Ich weiß kaum noch, was ich tue. Oder warum.»

«Was du auch im Sinn hast, ich bin sicher, es wird zum Wohl des Vaterlands sein, für den Führer.»

«Ich sollte aber bei der Versammlung sein. Bei unseren Leuten.»

Gretas sommersprossiges Gesicht strahlt im schwindenden Sonnenlicht vor Wohlgefühl.

«Ich werde zu Herrn Hempel gehen», sagt sie. «Geh du nur und erledige, was du tun musst.»

Sie verlassen den Gemeindesaal, und als sie am unteren Ende der Oberstraße sind, sagt ihr Siegfried, wohin er gehen will. Sie gibt ihm mit ihrem stillen zustimmenden Nicken die nötige Rückendeckung. Dann sagt sie: «Siegfried, ich habe den Aufnahmeantrag für den Bund deutscher Mädels bekommen. Ich möchte wirklich beitreten.»

«Das ist das Beste», seufzt er. «Aber warte noch ein paar Tage mit dem Unterschreiben. Wir werden diesen Fall lösen, dann kann die Lingenbande wenigstens noch würdevoll sterben.»

«Versteht sich», stimmt sie zu und macht sich auf zu Herrn Hempel.

Siegfried biegt in die Mittelstraße ein und geht auf das letzte Haus in dem hübschen Gässchen zu; das Haus von Karl Matthias.

Sein erstes Klopfen bleibt unbeantwortet und mit jedem weiteren trocknet Siegfried der Mund mehr aus. Die gedämpfte Unterhaltung, die er von drinnen gehört hat, bevor er die Hand zum sternenförmigen Klopfer erhob, ist verstummt. Siegfried spürt, dass da drinnen keine bloße Familienzusammenkunft stattfindet. Als die Tür endlich aufgeht, stolpert Siegfried überrascht zurück. Er hatte die verstohlenen Schritte des herankommenden Juden nicht gehört.

Er sieht ein tief sitzendes schwarzes Auge unter einer buschigen Augenbraue. Der schwarze Vollbart bewegt sich mit jeder Silbe aus dem halb verborgenen Mund.

«Anna geht es nicht gut», murmelt Karl Matthias. «Sie ruht sich aus.»

«Könnte ich sie nicht bloß für …»

«Leider nicht. Vielleicht morgen», sagt Herr Matthias und fügt bitter hinzu: «Solltest du nicht bei Hempel sein – wie alle anderen?»

Die Tür klappt vor Siegfrieds Gesicht zu und alle seine unerwünschten Verdächtigungen scheinen sich zu bestätigen. Karl Matthias hat Annas

Freunde immer freundlich begrüßt. War es je eine von Herzen kommende Freundlichkeit, fragt sich Siegfried, da er nun das wahre Gesicht des Juden gesehen hat?

Er tritt vom schmalen Gehsteig auf das Straßenpflaster und will sich schon abwenden, als ihm auffällt, dass die Tür eines kleinen Holzschuppens, eines Anbaus an das Haus von Herrn Matthias, leicht offen steht. Einer plötzlichen Eingebung folgend, stößt er die Tür nach innen auf und schlüpft hinein. Im Halbdunkel sieht er im unordentlichen Schuppen die Werkzeuge von Herrn Matthias' Uhrmacherhandwerk verstreut. Hier sind auch die vielen Habseligkeiten, welche die Dorfbewohner ihm im Austausch für Gelddarlehen überlassen haben.

Unter den Armbanduhren und Standuhren sind Vasen aus geschliffenem Glas, gerahmte Stickereien und Orden aus dem Weltkrieg von 1914 bis 1918. Jedes dieser kostbaren Stücke war für die Familie, die sie für ein Butterbrot verkaufte, von unschätzbarer Bedeutung. Es sind schwere Zeiten gekommen und die Menschen hatten keine andere Wahl, als die Familienerbstücke zu verkaufen. Wenn jetzt Adolf Hitlers Drittes Reich heraufdämmert, denkt Siegfried, werden sie nie wieder darauf angewiesen sein, ihre deutschen Erbstücke zum Preis eines Laibs Brot hergeben zu müssen.

Ohne genau zu wissen, wonach er sucht, schaut er unter grobe Werkbänke und staubige Gerümpelhaufen. Die gedämpfte Unterhaltung dringt in einem ständigen Strom durch die dünne Wand zwischen Holzschuppen und Haus. Als er das Ohr an die Wand drückt, hört er die Stimmen etlicher Männer, kann aber nicht unterscheiden, um wen es sich handelt. Nur Matthias' Stimme erkennt er, denn er bestreitet den Großteil des Gesprächs.

Während er lauscht, fällt sein Blick auf ein altes vergilbtes Kuhhorn, das früher einmal ein Bauer dazu benutzte, um seine Tiere von den Bergen zu rufen. Er holt es behutsam zwischen den rostigen Blechschachteln hervor. Dann hält er das größere Ende des welligen Trichters an die Wand und legt sein Ohr ans andere Ende.

«… züge …» Das Wort dröhnt in einem solch stürmischen Luftschwall an sein Ohr, dass ihm fast das Trommelfell platzt.

Auch wenn es wehtut, er muss noch mehr hören.

«... müssen in den Bahn... Hempel weg ist ...»

Die tiefen Töne von Karl Matthias werden gedämpfter, bis nur noch ein leises Gemurmel zu hören ist. Die wenigen Wortfetzen, die Siegfried mitbekommen hat, scheinen jedoch in eine sehr klare Richtung zu weisen. Wenn der Gemeindesaal das erste Ziel der Verschwörer war, dann soll der Bahnhof ihr nächstes sein.

Siegfried legt das Horn wieder an seinen angestammten Platz. Dann erblickt er, was schon die ganze Zeit vorhanden war. Er war nur zu beschäftigt damit gewesen, die Stimmen aus dem Haus zu erkennen, um es zu bemerken. Am Boden unter den unbekümmert aufgeschichteten Blechdosen steht ein Benzinkanister. Der Einfüllstutzen zeigt nach außen. Er hat keinen Verschluss.

Siegfried holt die mit Initialen versehene Kappe aus der Tasche. Kniend probiert er, ob sie die richtige Größe hat. Der Deckel passt genau. Doch der Kanister ist stark verrostet und die Kappe ist ziemlich neu. Er muss sich vergewissern, dass der Kanister erst kürzlich in Gebrauch war. Er beugt sich näher heran, da steigt ihm der scharfe, in die Augen beißende Geruch frischen Benzins in die Nase. Der alte Deckel hat sich offensichtlich im Lauf der Zeit verschlissen oder ist womöglich verloren gegangen, weshalb er ersetzt wurde.

Nun hat er gegen die Zeit zu kämpfen und gegen die aufsteigende Panik angesichts seiner Lage. Wenn er den Kanister mitnehmen will, muss er jede darauf gestapelte Schachtel wegheben und sie so abstellen, dass Herr Matthias nichts davon merkt. Mit jedem Verstummen der gemurmelten Debatte aus dem Haus wächst seine innere Anspannung.

Er hat erst die Hälfte der Schachteln beiseite gestellt, als ein Stühlerücken auf Steinboden das Ende des Treffens im Haus verkündet. Er stellt so viele Schachteln wieder hin, wie ihm seine zitternden Hände erlauben, und geht zur Tür. Ihm bleibt nichts anderes übrig, als es zu wagen herauszutreten, bevor die Haustür aufgeht. Das Glück ist ihm hold. Er gelangt auf die andere Straßenseite und schlüpft in eine stark abfallende und in Schatten getauchte Gasse. Von da aus kann er die Verschwörer aus Matthias' Haus treten sehen.

Das einzige Fenster von Annas Schlafzimmer befindet sich weit oben direkt im steilen Giebeldreieck. Als Siegfried hinauf blickt, sieht er zu seinem Kummer, dass sie dort ist, hin und her geht und gar nicht krank aussieht. Die Haustürklinke bewegt sich und Siegfried zieht sich weiter in den Schatten zurück – da spürt er eine Hand auf seinem Rücken.

«Kö-kö-können wir jetzt die Ba-ba-balken holen, Siegfried?»

Halb aufgebracht, halb erleichtert, gibt Siegfried Dieter einen leichten Stoß. Aus dem Gleichgewicht gebracht, schwankt der Einarmige nach hinten und taumelt am Rand der Treppe zur Unterstraße. Hinter Siegfried geht die Haustür auf und er erhascht einen raschen Blick auf den bärtigen Juden. Die anderen, wer immer sie auch sein mögen, brauchen länger, um hinauszutreten, und Siegfried sieht sich vor einer grausamen Wahl: Lässt er Dieter sich mit seinem stürzenden schwächlichen Körper die Knochen brechen oder hechtet er ihm nach und verpasst dabei die Gelegenheit, die Übeltäter zu identifizieren? Er rast die Stufen hinunter, um Dieter aufzufangen – jedoch in der Hoffnung, wieder rechtzeitig oben zu sein und zu sehen, wer die Freunde von Herrn Matthias sind.

Während Siegfried Dieters Fall schließlich aufhält, drückt sich der Krüppel eng an ihn und als er sein Knie bluten sieht, wimmert der Knabe erbärmlich.

«Du ha-ha-hast mich geschubst!»

«Das wollte ich nicht», knurrt Siegfried, während er sich von der feuchten Hand zu befreien versucht, die sein Hemd gepackt hält.

«Bi-bi-bist du noch mein Freund?»

«Natürlich bin ich das.»

«Wi-wi-wirst du es immer bleiben? Wi-wi-wirst du mir immer helfen?»

«Wart mal kurz hier. Ich muss was erledigen.»

Er zieht Dieters Hand sanft von seinem Hemd weg und steigt schnell die Treppe hinauf. Die Haustür von Herrn Matthias in der Mittelstraße ist wieder zu. Dieters Fall, ob absichtlich oder nicht, hat Siegfried einen Strich durch die Rechnung gemacht. Er blickt hinauf zu Annas Schlafzimmerfenster, aber sie ist nicht mehr zu sehen. Er fragt sich, ob sie als Späherin für ihren Vater eingesetzt war – allerdings keine sehr gute.

Selbst jetzt noch kann er kaum glauben, dass sie die verräterischen Absichten ihres Vaters wirklich billigt.

Von Karl Matthias' Schuld ist er völlig überzeugt. Da er sich nun Gewissheit verschafft hat, wäre es jetzt besser für ihn, direkt zu Herrn Hempel zu gehen. Sein falscher Unabhängigkeitsgeist aber lässt das nicht zu. Die Lingenbande könnte doch noch, wie er sich dummerweise vorstellt, mit wehenden Fahnen gewinnen.

Darin liegt er nicht ganz falsch. Allerdings auch nicht ganz richtig.

Der Gefangene

«Sprecht bitte zu mir!»

Siegfrieds Stimme klang dünn und schwach in der anhaltenden Dunkelheit des Grauen Zimmers. Da er in zwei gleichermaßen seiner Verfügungsgewalt entzogenen Welten lebte oder eher vegetierte, war er kurz davor, durchzudrehen. Mit einem kraftlosen Keuchen versuchte er seine drei Gefährten aufzurütteln.

«Nehmt mich endlich wahr! Lasst mich doch nicht so allein!»

Er fühlte sich unsauber, beschmutzt von dem, wozu er in Leiningen gezwungen worden war. Er rieb kräftig an seinen Fingern, doch der Schmutz war in seinem Kopf und nicht an den Händen, die nicht mehr so stofflos waren. Dennoch blickte er voll Ekel auf die rechte Hand, die er vorhin zu seinem ersten Nazigruß erhoben hatte. Was er von seiner imaginären Familie im Gedächtnis hatte, war sogar noch verstörender.

Was erfüllte ihn so mit Schrecken, wenn er an sie dachte? Es waren nicht bloß die ihnen von Herrn Gott in den Mund gelegten Worte. Ihn bedrückte etwas weitaus Unheilvolleres: ihre Augen. Darum ging es. In ihnen schien eine schreckliche blicklose Leere zu hausen – viel stärker als in den Augen seiner Gefährten hier im Grauen Zimmer. Ihm wurde plötzlich klar, dass diese Leute, selbst wenn er, Anna, Dieter und Greta eines Tages wirklich zu Menschen werden könnten, dies niemals schaffen würden.

Auch sein nächster Gedanke war niederschmetternd. Er, Siegfried Engel, war nichts weiter als der verwaiste Sohn eines inhaftierten Schriftstellers. Er hatte nur Axel – Axel und die drei stummen Geister vor ihm, die reglos waren wie Schläfer, denen der Schlüssel zum Aufwachen abhanden gekommen war.

Der einarmige Junge saß versteinert auf seinem Stuhl. Seine Lippen waren weiß und halb geöffnet. An seinem rechten Knie war eine blutlose Schramme. Siegfried versuchte vergeblich, sich vorzustellen, was sein neuer Schöpfer mit Dieter im Sinn hatte. Dieses Gerede von «irgendeiner besonderen Hilfe, irgendeiner Ausbildung» widersprach völlig dem Geist der Lingenbande. Sie hatten einander immer geholfen, alle vier. Das machte gerade die Bande aus.

Als er Anna anschaute, fiel ihm ein, was Herr Gott aus ihrem Vater gemacht hatte. Karl Matthias war für Siegfried immer ein netter Onkel gewesen. Der Bart, die düstere, brütende Miene, die Geheimniskrämerei, das war alles neu. Schlimmer aber war die unausweichliche Tatsache, dass Karl Matthias den gleichen leeren Blick der Unwirklichkeit hatte wie die Familie Engel.

Er wandte sich Greta zu. Ihre ausgeprägte Kälte, die sie vorher nicht gehabt hatte, war sogar hier greifbar, jenseits der Welt von Leiningen.

«Er hat auch aus dir ein Ungeheuer gemacht.»

In diesem Augenblick war sich Siegfried nicht mehr so sicher wie bei Dieter und Anna, dass Greta real werden würde.

Er betrachtete nacheinander die drei Torbögen im Zimmer: den nach Leiningen, aus dem er gerade gekommen war, den zum verfallenden Prunk in Herrn Gotts Schlafzimmer und den, der zu Axel führte. Er hätte zu Herrn Gott gehen und noch einmal versuchen sollen, die Geschehnisse aufzuhalten, doch ihn verließ der Mut, es mit dem alten Mann aufzunehmen, als er sich erinnerte, wie er schon darin versagt hatte, auch nur eine Seite vom Schreibtisch aufzuheben. In Axels Zimmer einzutreten, erschien aber noch sinnloser, dennoch entschied er sich dafür. Er hatte keine Ahnung, was er in diesem leeren Dachzimmer vorfinden würde. Nichts zu unternehmen, einfach darauf zu warten, dass die Schreibmaschine ihn wieder nach Leiningen lockte, wäre schlimmer gewesen. Er schob den Vorhang beiseite und ging hindurch.

Siegfried fand sich nicht im Mansardenzimmer wieder, sondern in einer leeren und fensterlosen Gefängniszelle. Das Gesicht des in der Ecke sitzenden Häftlings war verdeckt, aber es war eindeutig Axel. Siegfried dämmerte eine seltsame neue Erkenntnis. Wo immer Axel war, ob im Mansardenzimmer oder in dieser Gefängniszelle, er würde ihn stets finden. Der Gedanke tröstete ihn nur sehr kurz. Es bedeutete nicht viel, wenn er seinen Schöpfer sehen konnte, aber dieser ihn weder mit den Augen noch mit den Ohren wahrnahm.

Von draußen drangen die Schmerzensschreie gefolterter Männer und Frauen herein. Siegfried, inzwischen an Furcht gewöhnt, sah sich mit einer weiteren verstörenden Empfindung konfrontiert – Hass. Den hatte er in Teufels stählernem Blick und in seinem Abkanzeln von Juden und «Krüppeln» schon kennen gelernt. Er hatte ihn auch in dem Leiningen aus seiner letzten Episode gesehen. Nun hatte sich der Hass in sein Herz gefressen. Er hasste Teufel und seine schwarze Uniform. Er hasste den trunksüchtigen Herrn Gott. Er hasste die ganze Höllenstadt Berlin. Stumm verfluchte er Axel, dass er ihn erschaffen und dann einer Existenz in dieser unerträglich dämmrigen Zwischenwelt ausgesetzt hatte. Er fluchte, bis Schweigen nicht mehr genügte.

«Warum hast du mich verlassen?»

Axel hob den Kopf, den er zwischen den Knien vergraben hatte, und blickte in Siegfrieds Richtung. Es schien Siegfried so, als würden sich ihre Blicke treffen, doch Axel sah nichts und senkte nur wieder sein zerschlagenes Gesicht.

«Warum kannst du mich nicht sehen? Kannst du es nicht versuchen?»

Diesmal reagierte Axel noch verschreckter. Er spähte hektisch in der Zelle umher, die von einer nackten Glühbirne weit oben an der Decke erhellt wurde. Er schlug sich mit dem Handballen an die Stirn, wie um sich einen verrückten Gedanken aus dem Hirn zu schlagen. Beinahe außer sich vor Freude prüfte Siegfried noch einmal seine neu gefundene Macht.

«Axel? Hier ist Siegfried. Siegfried Engel.»

Axel erhob sich auf die Knie und der irrsinige, tückische Zug um seine Lippen verblüffte Siegfried. Das raue, aus dem Bauch kommende Lachen erstickte Siegfrieds erneutes Aussprechen seines Namens.

«Ich weiß, das ist eine ganz neue Finte von dir, Teufel. Du versuchst, mich in den Wahnsinn zu treiben. Doch es ist zu spät, Herr Hauptsturmführer. Ich bin schon verrückt. Schon seit Jahren. Irrsinnig, je ein einziges Wort geschrieben zu haben!»

«Axel, hör mir zu.»

«Nein. Du bist irgendein Knirps, den Teufel angeheuert ...»

«Ich bin Siegfried. Dein Siegfried. Bitte hör mir ...»

Die schwere Eisentür krachte in allen Fugen, als der Bewacher einmal, zweimal von draußen dagegen trat.

«Halt den Mund da drinnen, sonst gibt's eine weitere Tracht Prügel.»

Siegfried erkannte die Stimme von Teufels Gefolgsmann Wagner. Axel glitt an der Zellenwand, von der die Farbe abblätterte, nach unten.

«Bitte geh weg, wer du auch bist – was du auch bist.»

Aus Angst, mit seinem Sprechen Wagner in die Zelle zu locken, flüsterte Siegfried: «Ich *kann* nicht weggehen, Axel.»

Seine Worte, von der ganzen Verzweiflung seiner Lage erfüllt, ließen Axels Einwände verstummen.

«Irgendetwas geschieht mit mir, Axel. Ich werde real und weiß nicht, was ich machen soll.»

Axel fing an, leise vor sich hin zu summen und die Hände an die Ohren zu pressen. Siegfried spürte, wie er von einer weiteren Hasswelle überflutet wurde. Hassgefühle waren leicht anzunehmen. Er ging auf Axel los und die stürmische Kraft seiner Hiebe wirbelte die Haare seines Schöpfers wild durcheinander. Axel brüllte auf und fuchtelte mit seinen schwächlichen Händen so wirkungslos herum wie sein geisterhafter Angreifer.

«Lass mich in Ruhe! Lass mich in Ruhe!»

Draußen hatte der vierschrötige Bewacher nun genug davon, dem Abgleiten seines Gefangenen in den Wahnsinn zuhören zu müssen. Die Tür wurde aufgerissen und Siegfried versuchte vergeblich, den Mann daran zu hindern, bis zu Axel vorzudringen. Seine wütenden Fäuste machten Wagner nur irre und stärkten seine Entschlossenheit, Axel eine Lektion zu erteilen. Der Überfall war so erbarmungslos, dass Siegfried, von seinen Anstrengungen schon arg geschwächt, keinen Augenblick länger in der Zelle verweilen konnte.

Im Grauen Zimmer schienen Axels Schreie wie aus einem fernen Tal zu kommen. Siegfried ging auf seine drei stummen Gefährten zu. Er schaute sie alle nacheinander an. Welches Recht hatte er, sie aus ihrem traumlosen Koma zu wecken? Warum sollten sie den Albtraum durchleiden, in dem er jetzt steckte?

Die Tür der Gefängniszelle knallte zu und eine umfassende Stille senkte sich herab. In den alten Geschichten der Lingenbande kletterte Siegfried oft auf den höchsten, am schwersten zu erreichenden Punkt der Burgruine, weit über die Stellen hinaus, wo die anderen sich noch hintrauten. Dort brachte er ungestört Ordnung in seine Gedanken zu dem jeweiligen Fall, mit dem sich die Bande beschäftigte. Unweigerlich kam er immer mit irgendeiner Antwort oder einem Plan herunter, der sie dem Erfolg näher bringen würde. Das gleiche Gefühl des Friedens und der Gelassenheit, wenn der Kopf frei ist, bemächtigte sich nun seiner. Seine Gedanken nahmen logische und geordnete Gestalt an und sein Angstgefühl ließ nach.

Ja, er war in jeder Hinsicht allein im Grauen Zimmer, doch er verspürte keine Wut mehr auf seine Freunde, auch nicht den Wunsch, sie gewaltsam zu wecken. Und ja, sobald sich Herr Gott an die Schreibmaschine setzte, was bald der Fall sein würde, würde Siegfried wieder nach Leiningen gescheucht werden. Aber er würde von dort zurückkommen und nie wieder der Siegfried sein, den der alte Mann aus ihm machen wollte. Es stimmte zwar auch, dass er darin versagt hatte, Axel in seiner bedrückenden Lage zu helfen, versagt hatte, die Faustschläge des Bewachers aufzuhalten. Aber er war sich sicher, dass Axel ihn nun hören konnte und er eine unsichtbare Macht gleich dem Wind erlangt hatte. Es war nicht viel, aber es war ein Anfang. Er würde schon noch stärker werden. Davon war er überzeugt.

Es würde eine Zeit kommen, wo er in der Außenwelt so stark sein würde, wie er es in Leiningen schon immer gewesen war. Er würde sich in Geduld fassen müssen und versuchen, seinen derzeitigen Zustand möglichst gut auszunützen. Das hieß, er müsste weiterhin in Axels Gefängniszelle gehen, mit ihm sprechen und ihm vielleicht dieses neue Hoffnungsgefühl vermitteln. Was Herrn Gott betraf, so durfte er die Versuche nicht aufgeben, auch zu ihm durchzudringen. Selbst wenn Teufel zehn, hundert, ja tausend weitere bereitwilligere Autoren fand, Siegfried würde einfach weiterkämpfen müssen. Dieses Buch sollte nicht fertig werden, solange er noch einen Atemzug in sich hatte.

Erst als Anna, Greta und Dieter wie eine Einheit langsam aufstanden, bemerkte Siegfried, dass die Schreibmaschine wieder zu klappern begonnen hatte. Er begehrte nicht gegen diese Macht auf, sondern wiederholte für sich: «Ich komme wieder. Ich *will* wiederkommen.»

Dieter und Greta traten als Erste durch den Leininger Bogen. Gerade als Anna ihn erreichte, rief Siegfried sie an, während seine Gedanken schon auseinander stoben wie ein aufgescheuchter Vogelschwarm.

«Ich hasse dich nicht, Anna.»

Sie drehte sich zu ihm um. Ihre Lippen bewegten sich tonlos. Ihre Augen schienen ihn einen dämmrigen, traumhaften Augenblick lang wahrhaftig zu sehen, doch dann war sie weg. Siegfried folgte ihr, sein Verstand war für diese plötzliche Überraschung schon nicht mehr aufnahmefähig.

Das letzte Abenteuer der Lingenbande

Teil 3

Heinrich Engel geht mit seinem Sohn gemächlich den schmalen Fahrweg zum Unterlingenhof hoch. Sie sind ausgelaugt, aber guten Mutes. Ein beschwerlicher langer Vormittag in der Frühsonne auf den Feldern liegt hinter ihnen. Siegfried fiel es noch schwerer, da er aufgrund der Sorgen, die ihm seine Entdeckungen am Vorabend bereitet haben, schlecht geschlafen hat. Die Vögel stimmten schon ihren Gesang an, als er sich endlich dazu entschloss, seinen nächsten Schritt zu tun.

Er würde zuerst mit Greta reden, bevor die anderen zum nachmittäglichen Treffen erschienen. Greta sollte die volle Wahrheit über das erfahren, was er am Matthias-Haus gehört und was er als Nächstes vorhatte. Anna und Dieter aber würden nur gesagt bekommen, dass er einer undeutlichen Spur folge.

Dann sollte die Bande paarweise aufbrechen. Anna würde mit Greta gehen, um die Rückseite der Häuser an der Oberstraße im Auge zu behalten. In Wahrheit jedoch sollte Greta auf Anna aufpassen und dafür sorgen, dass sie nicht herausbekam, wo Siegfried und Dieter wirklich hingingen. Er würde ihnen sagen, zu Herrn Stiefels Bäckerei.

Stattdessen beabsichtigte er, sich zum Bahnhof aufzumachen. Dieter würde er mitnehmen, damit er den Einarmigen immer im Blick hatte. Sicherheit geht vor, obwohl Dieter seiner Überzeugung nach geistig nicht hell genug ist, um an einer Verschwörung beteiligt zu sein. Auf jeden Fall käme er nicht darauf, warum sie sich am Bahnhof herumtrieben.

Gerade als Siegfried und sein Vater an der Haustür ankommen und das willkommene Brutzeln von drinnen hören, grüßt sie Herr Hempel frohgemut vom Ende des Fahrwegs. Er schreitet mit einem in braunes Papier geschlagenen Päckchen unterm Arm auf sie zu. Heinrich ist sichtlich erfreut, den ersten Bürger des Dorfes zu sehen. Voll Begeisterung schaut er auf das Päckchen, das Siegfrieds Neugier erregt hat.

«Ah! Nun hast du es dabei!», verkündet Heinrich. «Komm rein und iss einen Bissen mit uns. Es wäre uns eine Ehre.»

«Aber, aber», lacht Herr Hempel, «ich sollte mich geehrt fühlen, mit den echten Arbeitern der deutschen Scholle zusammenzusitzen.»

Während der ganzen Mahlzeit ist Siegfried durch das ungeöffnete Päckchen abgelenkt, das auf der Kommode im Rücken seines Vaters abgelegt worden ist. Seine Schwestern legen keine Neugier an den Tag, als wüssten sie schon, was es enthält. Die Knaben haben nur Augen für die Mahlzeit. Siegfried wünscht sich, sein Vater und Herr Hempel würden sich mit dem Essen beeilen und während der Bissen nicht so viel reden. Seine Mutter nimmt seinen leeren Teller weg, was ganz recht ist, da er schon nahe daran war, seine Ungeduld mit der Gabel darauf zu trommeln.

Endlich aber schiebt Herr Hempel seinen Stuhl zurück und klopft sich auf den breiten Bauch.

«Frau Engel!», ruft er. «Können Sie mal zu meiner Frau kommen und ihr ein paar Ihrer Küchengeheimnisse beibringen?»

Siegfrieds Mutter lächelt bescheiden.

«Bei meinem Haufen gibt es nur ein Geheimnis, Herr Hempel», sagt sie: «Den Topf voll machen!»

«Heinrich!», mahnt Herr Hempel, «warum probierst du sie nicht an, damit wir dich darin sehen können?»

Nun sitzen auch die jüngeren Knaben gespannt und kerzengerade da. Heinrich trägt das Päckchen ins Wohnzimmer und schließt die dunkel gemaserte Tür hinter sich. Seine Rückkehr wird aufgeregt erwartet.

«Ich wette, es ist ein neuer Hut», mutmaßt Max. «Mit einer Hahnenfeder.»

«Nein, es ist was viel Größeres», wendet Heni ein. «Ein Mantel vielleicht, oder …»

Die Mädels tauschen amüsierte Blicke aus. Siegfried würde ihnen am liebsten unter dem Tisch auf die Füße treten.

Die Wohnzimmertür geht auf und Heinrich Engel steht aufrecht und mit geschwellter Brust in seinem neuen Hemd da. Das erdbraune Hemd der SA, der Sturmabteilung des Führers – die Braunhemden.

«Hier seht ihr unser neuestes Mitglied», verkündet Herr Hempel. «Ein stolzer Neuzugang für unsere Ortsgruppe.»

Noch als er mit den Übrigen in die Hände klatscht und jubelt, spürt Siegfried eine große Last auf seinen Schultern ruhen. Nun, da sein Vater seinen rechtmäßigen Platz unter den Braunhemden Leiningens eingenommen hat, wie lang kann er da selbst noch seinen Eintritt in die Hitlerjugend aufschieben?

Mit klarem Wasser aus der Engel-Quelle, die vor langer Zeit ein Ahne tief ins Herz der Erde geschlagen hat, trinken sie auf sein Wohl. Während des munteren Gesprächs blickt Siegfried kurz auf die Uhr und schaut überrascht ein zweites Mal hin. Halb drei! Das Treffen der Bande war für viertel nach zwei angesetzt. Seine Armbanduhr gibt keinen Ton von sich und auch in der Küche ist keine Uhr, die schlägt, doch irgendwie ertönt in seinem Kopf eine Glocke – gemächlich, volltönend wie das Kirchengeläute im Dorf bei einer Beerdigung.

Er ist nie zu einem Bandentreffen zu spät gekommen, seit dem ersten Gründungstag nicht. Er hatte auch diesmal nicht vor, sich zu verspäten, doch da es nun mal so ist, wird ihm bewusst, dass es im Leben wichtigere Dinge gibt als die Lingenbande. Denn in diesem Augenblick erkennt er, dass die Lingenbande so gut wie tot ist. Er kann lediglich noch versuchen, daraus einen ehrenhaften Tod zu machen, bevor er in sein neues Leben als Mitglied der HJ übertritt.

«Ich muss jetzt wieder zum Bahnhof», sagt Herr Hempel schließlich. «Die Züge müssen pünktlich fahren!»

«Und ich ... ich muss jemand treffen», meldet sich Siegfried. «Ich bin zum Melken wieder da.»

«Nun, dann gehen wir zusammen zum Tor.»

Die Benzinkanisterkappe in Siegfrieds Tasche drückt schmerzhaft gegen seinen Schenkel. Ein übermächtiger Drang, sich zu erklären, überkommt ihn, aber er findet nicht die richtigen Worte. Herr Hempel schweigt, bis sie das Ende des Fahrwegs erreicht haben. Als er dann spricht, ist Siegfried erleichtert, in der Stimme des Mannes keine Abneigung zu hören, sondern nur Besorgnis.

«Hast du darüber nachgedacht, was ich gestern gesagt habe?»

«Ja, das habe ich, und ich möchte Ihnen sagen …»

«Ich habe auch darüber nachgedacht», unterbricht Herr Hempel. «Und ich mache mir Sorgen, dass ich, nun ja, ein wenig zu grob geklungen habe.»

«Überhaupt nicht.»

«Ich spüre ein ungeheuer schweres Verantwortungsgefühl, Siegfried», seufzt der Bahnhofsvorsteher. «Deutschland braucht Männer wie dich, um sich seinen Platz an der Spitze aller Völker zu sichern.»

Siegfried nickt, aber es wollen immer noch keine Worte kommen. Wie soll er erklären, dass er bereit ist, der Hitlerjugend beizutreten, aber den Gedanken einfach nicht ertragen kann, seine ganze Zeit bei der Lingenbande sei reine Verschwendung gewesen? Wie soll er erklären, dass er erst, wenn sie die Übeltäter vor Gericht bringen können, vielleicht das Gefühl hat, mit seiner Bande etwas erreicht zu haben? Wie soll er seine naive Auffassung erklären, dass mit der Jüdin und dem Krüppel etwas Sinnvolles anzustellen sei?

Selbst wenn er sich irrt, so beweist die sture Hartnäckigkeit, mit der er sich an diese Auffassung klammert, dass er im Herzen der wahrhaftigste Deutsche ist, ergeben und vertrauensvoll. Doch er wird bald noch Lektionen darüber zu lernen haben, wem er trauen und wem gegenüber er ergeben sein soll – ergeben bis zum Ausschluss aller anderen.

Noch nie ist Siegfried der üble Modergestank im Burgkeller aufgefallen. Nasskaltes grünes Moos hat sich über alle Wände verbreitet. In einer dunklen Ecke strebt ein kränkliches Büschel Pilze nach Licht. Er schiebt den klammen Vorhang voll Ekel beiseite und sieht, dass er der letzte Ankömmling ist.

«Wo bist du denn gewesen?», fragt Anna, die sich genüsslich an seinem Unbehagen weidet.

Ein einziges Mal, denkt er, komme ich zu spät, da hat sie die Frechheit, zu fragen, wo ich gewesen bin. Er hält allerdings den Mund und geht zielstrebig zu seinem Stuhl.

«Es tut mir Leid, aber wir hatten wichtigen Besuch.»

«Ist schon gut, ich ha-ha-hab schon gedacht, du wü-wü-würdest gar nicht mehr kommen», stottert Dieter.

Als er Dieters tränenreiche Erleichterung sieht, empfindet Siegfried den gleichen Widerwillen, der ihm den Magen umdreht, wie vorhin bei dem schlaffen Büschel Pilze. Er macht sich rasch ans Geschäft. Greta erhebt keinen Einspruch, als er sie bittet, ihren sorgfältig vorbereiteten Schriftführerbericht abzukürzen. Er schreibt hastig eine kurze Notiz, was er den anderen verkünden wird und warum. Die reicht er ihr mit den nüchternen Worten: «Wirf einen kurzen Blick darauf und lege das dann ab. Es ist nicht wichtig.»

Anna ist so erleichtert, ihren gefälschten Kassenbericht nicht vortragen zu müssen, dass sie ihre sonst übliche Wissbegierde nicht zeigt.

«Wir haben sehr wenig zu verfolgen», hebt Siegfried an. «Eigentlich nichts, außer einer schwachen Ahnung von mir, dass es im Ort gewisse Stellen gibt, wo wir die Augen nach verdächtigen Bewegungen offen halten sollen.»

Anna wirft ihm einen ihrer dunklen durchdringenden Blicke zu, bleibt aber still. Dieter ist aufgeweckter.

«Deine Ahnung ha-ha-hat dich nicht getäuscht, als du die Fa-fa-fahrräder gefunden hast, Siggi.»

Siegfried ist stolz auf seinen Namen. Darin klingt die ganze Tatkraft und Macht des germanischen Helden, nach dem er benannt ist. Er hasst es, wenn Dieter diesen lächerlichen Spitznamen verwendet.

«Dieter», sagte er mit gezwungenem Lächeln, «ich werde dich auch nicht Diddy rufen, wenn du mich nicht mehr Siggi nennst.»

«Mir egal, wie du mich rufst», grinst Dieter, «so-so-solange es nicht zu früh am Mo-mo-morgen ist.»

Der Scherz, zwar dümmlich und kindisch, lockert irgendwie die Spannung im übel riechenden Bandenzimmer und alle stimmen in das Lachen ein. Bald steigen sie hintereinander die Kellertreppe hoch. Siegfried bleibt zurück und holt die Verschlusskappe des Benzinkanisters aus der Tasche. Er blickt sich nach einem Versteck um. Unter den Bücherregalen an der gegenüberliegenden Wand ist auch die golden angestrichene Kleinkramschachtel, von der Dieter meint, sie wäre aus echtem Gold.

Die Schachtel ist angefüllt mit Muschelschalen von seinem letztjährigen einzigen Besuch am Meer, mit glänzenden Kastanien, die ihm schon manchen Spielsieg eingetragen haben, mit alten Münzen und Medaillen, die Porträts deutscher Helden wie Friedrich der Große, Otto von Bismarck und Feldmarschall Hindenburg tragen. Er legt die Metallkappe unter diese Kostbarkeiten, macht die Schachtel zu, stellt sie wieder hin und geht dann auch.

Draußen am Burgeingang greift Anna nach Siegfrieds Arm und zieht ihn hinter die efeubewachsene Mauer zurück. Greta und Dieter sind schon vorausgegangen. Hinter ihrer falschen Freundlichkeit lauert ein schrecklicher Drang.

«Warum bist du gestern Abend vorbeigekommen?», fragt sie. «Wenn es wegen des Geldes war, dann kann ich alles erklären.»

«Natürlich ging es nicht ums Geld», sagt Siegfried verlegen, aber darauf bedacht, nichts zu verraten. «Bloß diese verrückte Ahnung von mir. Ich wollte dir davon berichten.»

«Du wolltest es *mir* als Erster mitteilen», säuselt sie. «Wie lieb von dir.»

Siegfried errötet flammend. Er denkt im Stillen: wo einer bloß landet, wenn er lügt. Selbst wenn die Lügen notwendig sind.

«Ich wollte sagen, dass ich vorhatte, es euch allen zusammen mitzuteilen», versucht er zu erklären. «Doch da du krank warst, habe ich entschieden …»

«Ich war nicht krank.»

Wenn sie jetzt nur mit der Wahrheit herausrücken würde, dann könnten weitere Wahrheiten folgen. Es würde schwer für sie sein, aber Siegfried ist zuversichtlich, dass sie kurz davor ist, alles zu offenbaren.

«Du brauchst keine Angst davor zu haben, mir alles zu sagen, Anna.»

«Alles?»

Anna steht die Verwunderung ins Gesicht geschrieben, als sie von ihm abrückt. Seine närrische Zuversicht schwindet mit jedem ihrer Schritte.

«Vater hat mich ins Bett geschickt, weil ich eine dämliche alte Vase zerbrochen habe. Ein blödes rosafarbenes Stück, ein Familienschatz, wie es der alte Esel genannt hat. Ich bin froh, es kaputt gemacht zu haben, echt froh, das kann ich dir sagen.»

«Bist du sicher, dass sonst nichts war?»

Sie umkreist ihn und gibt sonderbare Zischlaute von sich. Siegfried hat keine Angst, aber die Stimmung innerhalb der Burgmauern ist auf einmal äußerst unfreundlich. Ein tückischer Blick, ähnlich dem eines flüchtenden Tiers, das auf Rache sinnt, zeigt sich auf Annas Gesicht.

«Du glaubst mir nicht, was?», zischt sie. «Du bist wie alle anderen.»

Als Siegfried Greta nachgeeilt ist, sind Dieter und Anna schon wieder voraus.

«Was hast du Anna gesagt?»

«Nichts», berichtet Siegfried. «Aber sie hat mich wegen gestern Abend angelogen, da bin ich mir sicher.»

Sie biegen in den Weg ein, der ins Dorf führt, und haben gleich wieder das ihnen vorausgehende Paar im Blick. Anna hat sich so weit beruhigt, um sich an Siegfrieds Vorhaben zu beteiligen. Als sie mit Greta die Gasse hinter der Oberstraße entlanggehen, kann sie sich eine letzte spitze Bemerkung nicht verkneifen.

«Es ist ganz schön lachhaft, aufzupassen und nicht zu wissen, auf was.»

Jede Chance, denkt Siegfried, ich habe dir jede Chance gegeben.

«Ich weiß nicht», sagt Dieter frohgemut, «ich glaube, das kö-könnte Spaß machen.»

«Dämlack!», murmelt Anna unterdrückt und Siegfried ist über ihre Grobheit ganz schön verdutzt. Er hat sich von Dieter zwar viel Anhänglichkeit und Jammerei gefallen lassen, aber er hat es nie gewagt, ihm so etwas ins Gesicht zu schleudern. Bei der Bäckerei schmollt Dieter immer noch stumm wegen Annas Bemerkung. Eine Zeit lang stehen sie auf der Straße herum, ohne ein Wort zu wechseln.

«Nimm es wie ein Mann, Dieter», sagt Siegfried schließlich.

«Ich wi-wi-will gar kein Mann sein.»

Unwillkürlich hat Dieter den wahren Unterschied zwischen ihnen aufgedeckt. Siegfried kann es gar nicht erwarten, ein Mann zu werden und das zu tun, was ein Mann tun muss, für seine Familie, sein Vaterland, seinen Führer. Dieter hingegen möchte für den Rest seines Lebens nur im Garten der Jugend spielen. Es würde nichts fruchten, ihn umzustimmen. Außerdem ist es Zeit, zum Bahnhof vorzurücken.

«Ich bin nicht sicher, ob die Bäckerei wirklich eine gute Idee war», sagt Siegfried. «Vielleicht sollten wir es woanders probieren.»

Dieter ist zu sehr mit seinen langsamen, quälenden Gedanken beschäftigt, um Einwand zu erheben, und so folgt er Siegfried teilnahmslos aus dem Dorf. Sie kommen ungesehen am Unterlingenhof vorbei, denn glücklicherweise ist niemand vor dem Haus, der sie hätte bemerken können. Das Letzte, was Siegfried jetzt bräuchte, wäre einen seiner Brüder an den Fersen.

Der reizende kleine Bahnhof macht stets Eindruck auf ihn. Das ordentliche Abfertigungsgebäude aus Kalkstein mit dem bedeutsam aussehenden Fahrkartenschalter, der immer gut gegossene Blumenkasten auf dem Fenstersims, der ordentliche Lagerschuppen neben dem Steinbau, der schmale Bahnsteig, der so sorgfältig und so oft wie manch ein Küchenboden gefegt wird ... Das alles entzückt Siegfried, doch es gibt noch etwas, was ihm wirklich den Atem verschlägt. Ein einzelner Schienenstrang windet sich in weiten und sanften Bögen in beide Richtungen und scheint für ihn zu seinem Mannestum, seiner Zukunft zu führen.

Hier kommen wenige Züge durch, da es eine kleine Nebenstrecke ist. Doch Herr Hempel erinnert die Leute oft daran, dass sein Haltepunkt nicht unbedeutender ist als die großen Stadtbahnhöfe. Eine geringfügige Verspätung hier könnte leicht woanders auf der Strecke zum Chaos führen. Die kleinsten Aufgaben, versichert er weise, sind die entscheidendsten. Zum Beispiel, fügt er unweigerlich zu Siegfrieds Bestürzung hinzu, wenn ein Mann sich weigert, für sein Land in den Krieg zu ziehen, dann ist es genau um so viel schwächer.

An diesem sonnigen Nachmittag liegt der Bahnhof so friedlich wie verlassen da. Vorm Eingang stehen keine Autos oder Pferdefuhrwerke und die Tür zu Herrn Hempels Dienstraum ist mit einem schweren Vorhängeschloss versehen. Trotz der friedlichen Atmosphäre ist Siegfried mehr als nur enttäuscht. Er setzt sich auf die hölzerne Wartebank vor dem Schalter und fragt sich, ob er seine Zeit verschwendet. Diese

Leute sind sicherlich nicht so dämlich, um es am helllichten Tag zu versuchen? Wie kann er bloß so dumm gewesen sein, so etwas zu denken?

Als Dieter ihm ins Ohr flüstert, fährt er fast aus der Haut, so weit ist er in seinen Gedanken abgeschweift.

«Ist das ein Vo-vo-vogel oder so?»

«Was soll ...?», braust Siegfried auf – doch er reißt sich gerade noch zusammen.

Nun kann auch er das leise Klopfgeräusch hören und ahnt, wo es herkommt. Vom Fernschreiber im Dienstraum. Als er sich dem halb offenen Fenster nähert, nimmt er das schwere, hastige Atmen von ... Doch es kann nicht Herr Hempel sein. Und wenn die einzige Tür zum Dienstraum so sicher abgesperrt ist, wie ist dann jemand hinein gekommen?

«Durch das hintere Fenster», flüstert er in Beantwortung seiner eigenen Frage.

«Das wa-wa-was?», ruft Dieter laut aus, worauf im Dienstraum plötzlich Unruhe entsteht.

Siegfried springt auf den Schalter zu, doch irgendwie kommt ihm Dieter in die Quere und sie stürzen beide krachend zu Boden.

«Wa-wa-was hab ich denn gemacht?», heult der Krüppel. «Wa-wa-warum hast du mich geschlagen?»

«Da ist wer im Dienstraum», faucht Siegfried verärgert. Er rappelt sich vom Bahnsteig hoch und späht in das Büro.

Das hintere Fenster ist etwas offen und die Schritte eines Flüchtenden hallen noch nach. Siegfried spurtet vor zum Bahnhofseingang, doch obwohl er die gewundene Straße zum Dorf und die Felder hinter dem Bahnhof überblicken kann, ist keine Spur vom Eindringling zu sehen.

Er ist so wütend auf Dieter, dass er nicht klar nachdenken kann, was er als Nächstes tun soll. Er glaubt schon fast, der Einarmige habe ihm absichtlich den Weg versperrt. Ist vor dem Haus von Herrn Matthias nicht etwas Ähnliches passiert? Er schärft sich ein, erst einmal innezuhalten und über die nun noch kritischere Lage nachzudenken.

Was der Eindringling wohl da drin gewollt hat? Falsche Signale über die Strecke schicken oder ... Doch Spekulationen nützen nichts. Es bleibt ihm nichts anderes übrig, als in das Dienstzimmer zu gehen und zu hoffen, der Übeltäter habe Spuren seines Verrats hinterlassen.

Er geht Dieter aus dem Weg, der sich auf dem Bahnsteig noch den aufgeschlagenen Ellbogen reibt, und begibt sich auf die Rückseite des Kalksteinbaus. Er klettert durchs Fenster. Hier drin ist die Luft erstickend schwül und vom starken Geruch der Tinte und alter Fahrtenbücher erfüllt. Auf einem Tisch unterhalb der Fahrkartenausgabe steht der Fernschreiber nun stumm da. Daneben liegt ein Notizblock mit vergilbenden Seiten. Als er näher hinsieht, bemerkt er, dass die oberste Seite ganz leer ist.

Er setzt sich auf den Ledersessel am Tisch, schließt die Augen und versucht sich vorzustellen, was der Mann getan haben könnte. Die Handflächen ruhen leicht auf dem Notizblock. Sein Denken ist so leer wie die Seiten unter seinen Fingern. Er empfindet eine derartige Enttäuschung, dass er das sehr grobe Papier am liebsten zusammenknüllen möchte. Binnen Sekunden ist er sehr froh, es nicht getan zu haben.

Seine Finger, die unabhängig von seinem verwirrten Gehirn arbeiten, ertasten allmählich Spuren von Eindrücken auf dem Papier. Ganz langsam erreicht die Botschaft seiner geschäftigen Hände seinen verdutzten Verstand. Er reißt die Augen auf. Dann blickt er auf das oberste Blatt Papier. Er nimmt einen alten Bleistiftstummel zur Hand und beginnt, leicht über die körnige Oberfläche zu streichen.

Als er damit fertig ist, starrt er auf die schwachen, aber deutlichen Buchstaben, die er zum Vorschein gebracht hat. Die Notiz ist kurz und gibt keine Erklärung über ihren nüchternen Inhalt. Er kann nur raten, was diese Übeltäter genau im Schilde führen. Ein weiteres Treffen? Oder schlimmer noch, eine weitere Brandstiftung? Er liest sich die Worte noch einmal durch.

«Heute Nacht – stopp – 1 Uhr – stopp – Dorfschule – Ende der Nachricht».

Wo bist du gewesen?

Kaum befand sich Siegfried wieder im Grauen Zimmer, da stürmte er auch schon auf den Durchgang zu Herrn Gotts Bude los. Der hohe Raum war leer, die gegenüberliegende Tür offen. Von draußen waren laute Stimmen in einer hitzigen Auseinandersetzung zu hören. Sie kamen näher. Eine verriet Angst, die andere klang verächtlich. Die erste gehörte Herrn Gott, die zweite Hauptsturmführer Teufel.

Der alte Schriftsteller stolperte so hastig ins Zimmer, dass deutlich wurde: er war gestoßen worden. Ihm direkt auf den Fersen war Teufel, der mit einer bedrohlich aussehenden Reitgerte gegen seinen glänzend schwarzen Stiefel schlug. Herr Gott erreichte das Bett und setzte sich geduckt vor dem schwarz uniformierten Hauptsturmführer hin.

«Ich wollte einkaufen gehen, das ist alles. Ein Mensch muss doch essen.»

«Und trinken?»

Herr Gott hob in Erwartung eines Schlags die Hände, doch Teufel war bereits dabei, sich im Zimmer umherzubewegen und Schubladen, Bücherkisten und Koffer zu öffnen. Siegfried sah verwundert zu, wie aus jedem Versteck ein weiteres Lager leerer Weinflaschen zum Vorschein kam. Jede Flasche wurde auf den anwachsenden Haufen in der Mitte geworfen.

So sehr er Teufel verachtete, hoffte Siegfried doch, der Mann in Schwarz würde das tun, wonach er sich selbst so sehnte. Doch anstatt Herrn Gott zu schlagen, kam Teufel ans Bett und fischte noch weitere Flaschen darunter hervor. Zufrieden darüber, seine Suche beendet zu haben, setzte er sich an den Schreibtisch und blätterte die voll getippten Seiten durch. Ohne den Blick von ihnen abzuwenden, wiederholte er seine vorherige Frage.

«Und wie ist es mit dem Trinken? Sie wollten sich noch mehr zu trinken besorgen, hab ich Recht?»

«Diese ganzen Flaschen, die sind … die sind schon seit Jahren hier … Ich … ich bin nie dazu gekommen, sie wegzubringen … Heutzutage trinke ich gar nicht mehr.»

«Ich glaube Ihnen nicht, Gott.»

Teufel las weiter und ließ jede Seite nach dem Lesen wieder auf den Tisch fallen, wo sie einen unordentlichen Stapel bildeten.

«Aber das stimmt, ich …»

«Schnauze!»

Der Hauptsturmführer schien seine Aufmerksamkeit ausschließlich auf das vor ihm liegende Manuskript zu richten. Er schüttelte den Kopf und gab hin und wieder missbilligende Laute von sich. Mit der Lektüre zeigte er sich wenig zufrieden, abgesehen von einem kurzen Lächeln, das aber bald wieder einfror. Herr Gott wurde mit jeder abgelegten Seite blasser. In der angespannten Stille sackte Siegfried in seiner Ecke immer mehr in sich zusammen.

Als Teufel schließlich mit der Faust auf den Schreibtisch schlug, ging Herr Gott in Hab-Acht-Stellung, stand auf wackligen Beinen da, auf das Schlimmste gefasst.

«Kommen Sie her.»

Der alte Mann schlurfte über den splitterübersäten Boden und blieb kurz außerhalb von Teufels Reichweite stehen.

«Etwas näher.»

Mit quälender Langsamkeit schob sich Herr Gott nach vorn, bis er einen heftigen Hieb in die Magengrube erhielt, nach hinten taumelte und wieder aufs große Bett fiel. Siegfried bereitete das Leiden des alten Schriftstellers kein Vergnügen. Es wurde ihm nachgerade davon übel, dass er dies hatte geschehen lassen wollen.

«Ab sofort, Gott, werden Sie dieses Zimmer nicht mehr verlassen. Knoll wird an Ihrer Tür Posten beziehen und für Lebensmittelnachschub sorgen. Aber keinen Wein mehr, ist das klar?»

Herr Gott, immer noch zusammengekrümmt auf dem Bett, stöhnte nur.

«Ich nehme das als ein ‹Ja›. Also, vielleicht interessieren Sie meine Gedanken zu Ihrer bisherigen Arbeit?»

Von dem erbärmlichen Haufen alter Knochen kam ein weiteres Stöhnen.

«Aha, ein weiteres ‹Ja›, nehme ich an?»

Teufel nahm den Stapel betippter Seiten in die schwarz behandschuhte Hand und wedelte beim Sprechen damit herum.

«Erstens, ich gebe durchaus zu, dass die Geschichte an sich, nun ja, passabel ist. Nicht ausgezeichnet, wohlgemerkt, aber es genügt.»

Herr Gott brachte ein dankbares Nicken für dieses schwache Lob zu Stande.

«Allerdings», und das Wort wirkte beinahe so schlagkräftig wie der gnadenlose Hieb, «allerdings gibt es Mängel. Mängel, die ich auf der Stelle bereinigt haben möchte und die sich nicht wiederholen dürfen. Verstanden?»

Er wartete die Antwort nicht ab.

«Der Stil ist zu langatmig, die Kapitel sind zu lang. Sie schreiben ja nicht für Erwachsene, Gott, sondern bloß für Jugendliche. Behalten Sie das im Sinn.»

Herr Gott, der nun beinahe wieder aufrecht dasaß, seufzte ergeben.

«Wir wollen hier ein Buch mit nicht mehr als zwanzigtausend Wörtern. Höchstens acht, neun Kapitel. Unsere Kinder sollen nicht jede kostbare Minute mit Lesen vergeuden, wissen Sie.»

«Das sehe ich ein.»

«Gut. Und noch etwas. Diese … diese Formalitäten. So ein wilder, unkultivierter Haufen Jugendlicher hat zum Beispiel keine Schriftführerin, keinen Kassenwart oder so straff organisierte Versammlungen.»

Der in seiner Ecke kauernde Siegfried war überrascht, dieses Echo seiner eigenen Gedanken zu hören. Es war ein regelrechter Tiefschlag, feststellen zu müssen, dass Teufel ähnlich dachte wie er.

«Doch es gibt noch weitere, klarer umrissene Kritikpunkte. Zum Beispiel als Siegfried herausfindet, dass der Bahnhof das nächste Ziel der Verschwörer sein könnte, da schildern Sie … ähm, schauen wir mal …»

Teufel blätterte in den Seiten, und als er die beanstandete Zeile gefunden hatte, las er sie laut vor.

«Da er sich nun Gewissheit verschafft hat, *wäre* es jetzt besser für ihn, direkt zu Herrn Hempel zu gehen.»

Herr Gott schaute Teufel fragend an. Siegfried wunderte sich auch, was an diesen Worten falsch sein sollte.

«*Wäre?*», fragte Teufel. «*Wäre?* Sie hätten das eindeutiger formulieren sollen. ‹Sollte er unbedingt› etwa. Haben Sie verstanden?»

«Ja.»

«Und dann ist da dieser verwirrende Ablauf in Teil 3, wo Siegfried beschließt, nur Greta von seinem Plan zu erzählen, den Bahnhof zu überwachen. Fein. Da lese ich dann in der Erwartung weiter, dass er vor dem Treffen mit Greta spricht. Aber was finde ich? Das Treffen hat angefangen und er schreibt so etwas wie eine Notiz, um den ganzen Plan zu erklären, und schiebt ihn ihr zu. Das tut er im Verlauf von, hm … etwa einer Minute? Ist das möglich? Ist das glaubhaft? Ich denke nicht. Warum treffen sich Siegfried und Greta nicht, um vor dem Treffen den Plan zu besprechen?»

Herrn Gotts Antwort kam in einer piepsigen, sehr hohen Stimmlage.

«Es … es ist mir entfallen, dass sie sich treffen wollten. Deshalb ließ ich ihn die Notiz schreiben … aber ich kann das ändern, wenn Sie …»

«Es ist Ihnen entfallen, weil Sie besoffen waren, Gott.»

«Nein, ich schwöre …»

Siegfried zuckte schon in Erwartung weiterer Gewalt zusammen. Sie kam aber nicht.

«Also, dieses Problem hätten wir gelöst. Ihr Verstand wird von nun an klar sein und nicht mehr in Traubensaft schwimmen.» Hauptsturmführer Teufel stand auf und klopfte den Staub von seiner Feldmütze. Er setzte die Kopfbedeckung mit dem Totenschädel und den gekreuzten Knochen auf und steckte sich die betippten Seiten unter den Arm.

«Noch eine Kleinigkeit. Sie schreiben dieses Zeug nicht schnell genug. Da Sie ja nun mit dem Trinken aufgehört haben, sollte das nicht schwer zu beheben sein.»

«Ich werde versuchen, schneller zu machen, Herr Hauptsturmführer.»

«Ich fürchte, Sie werden mehr tun müssen, als es nur zu versuchen, sonst gibt es keine Bezahlung. Nun muss ich zurück zu meinem Gast, Herrn Hoffen. Ich vermute, er wird sich das mit der Annahme Ihres Buchs bald anders überlegen. Morgen Abend um elf werde ich mich wieder einfinden und erwarte, ein weiteres Kapitel zu sehen.»

Als Teufel in sicherer Entfernung war, erhob sich Siegfried und ging aufs Bett zu. Mit dem linken Fuß stieß er an eine Weinflasche, die vorhin in seine Nähe gerollt war. Sie kreiselte davon und zersprang an dem Scherbenhaufen mitten im Zimmer.

Herr Gott auf dem Bett setzte sich ruckartig auf, die Augen ungläubig auf genau den Punkt gerichtet, den Siegfried erreicht hatte. Der alte Mann folgte jedem Schritt Siegfrieds. Oder er folgte eher den Eindrücken, die Siegfrieds unsichtbare Füße auf dem alten Teppich hinterließen.

Herr Gott verzog sich ans hintere Ende des großen Doppelbetts, doch die Schritte kamen nicht mehr auf ihn zu. Siegfried hatte beschlossen, seine neue Kraft zu prüfen, denn schließlich war er im Stande, etwas so Schweres wie eine Weinflasche zu bewegen. Am Schreibtisch griff er zitternd nach dem Stapel leerer Seiten und hob die oberste auf.

Hinter sich hörte er ein ungläubiges Luftholen. Herr Gott sah verblüfft zu, als das Papier wie durch Zauber hochstieg und zitternd wie ein Herbstblatt einfach in der Luft schweben blieb.

Siegfrieds Hand zitterte. Das Blatt war schwer, aber es ließ sich immerhin heben. Er fasste es mit beiden Händen und zerknüllte es, vor Anstrengung ächzend, zu einer Kugel.

«Wer ist das? Was … was …?»

Siegfried war so froh und bemerkte daher nicht, dass er gehört worden war. Er griff sich ein Blatt nach dem anderen und knüllte alle zusammen.

«Allmächtiger!»

Siegfried wirbelte herum und starrte Herrn Gott an, der sich an die Brust gegriffen hatte und aus seinen dunkelroten Lippen sabberte. In seinem hasserfüllten Rachewahn warf Siegfried die Papierkugeln nach seinem entsetzten Ziel. Er schoss nie daneben, obwohl das graue Haupt hektisch hin und her schwankte. Mit jedem Treffer lachte er lauter. Für Herrn Gott war dies das Gelächter eines Teufels. Schließlich stieß er, von Entsetzen überwältigt, einen kurzen Japser aus und kippte vom Bett auf den Boden, wo Siegfried ihn nicht mehr sehen konnte.

Das Blatt Papier in Siegfrieds Hand entglitt seinen Fingern und schwebte sanft zu Boden. Er eilte auf die andere Seite des Betts. Dann kniete er sich über den alten Mann, aber da er Angst hatte, ihn zu berühren, lauschte er nur nach dem kleinsten Atemhauch. In seiner Panik hörte er nichts. Die Ungeheuerlichkeit seines Tuns scheuchte ihn wieder ins Graue Zimmer. Er stolperte von Übelkeit ergriffen in den staubigen Ort – und erstarrte plötzlich.

«Wo bist du gewesen?», fragte eine Stimme, die er in seiner Verwirrung erst nicht erkannte.

Er schaute seine drei Gefährten an. Sie saßen an ihren gewöhnlichen Plätzen am Tisch. Keiner von ihnen schien sich bewegt zu haben – nur dass um Annas Mund eine trockene Staubwolke schwebte, wie ein winziger, an einem klaren Wintertag ausgestoßener Atemhauch. Er ging zum Tisch und gerade als er dort war, teilten sich Annas graue Lippen.

«Wo bist du gewesen?», wiederholte sie.

Siegfried fiel ein, dass die von ihr ausgesprochenen Worte aus dem Buch stammten, aus der Welt Leiningens. Sie wiederholte sie bloß wie ein Papagei. Ihm sank der Mut.

Annas Augenlider flatterten einmal und kamen wieder zur Ruhe. Ihr Körper fing zu beben an, zuerst ganz zart, doch das Zittern wurde stärker, bis sie von wilden Zuckungen geschüttelt wurde. Kopf und Hände zappelten mechanisch in immer schnellerem Rhythmus. Das reine Grau ihrer Haut überzog sich mit dem zartesten Hauch von Rosa. Das Zittern hörte auf. Sie schlug die Augen weit auf. Anna war zum Leben erwacht.

«Anna? Weißt du, wer ich bin?»

Sein Herzklopfen war so überwältigend wie in jenen ersten Augenblicken, als er zum Leben erwacht war.

«Siegfried! Ich begreife es nicht. Ich habe ... habe ... Angst vor irgendetwas. ...»

Wenn Siegfried sein neues Leben durch Axel Hoffens Angst erlangt hatte, so hatte Anna ihres Herrn Gotts Angst vor seinem unsichtbaren Peiniger zu verdanken.

In den Büchern von der Lingenbande kamen keine Küsse vor, doch Siegfried wollte seine Arme um Anna schlingen. Aber es gab zu ihrem sonderbaren Zustand so viel zu erzählen, so viel zu erklären ... Die Empfindung schwand gleich wieder aus seinem Sinn.

Nach einigen aufmunternden Worten bewegte sich Anna mit ihm durchs Zimmer. Nachdem sie Zutrauen gewonnen hatte, fragte sie ihn nach den drei Durchgängen aus und wohin sie führten. So behutsam wie möglich versuchte Siegfried, die Schwierigkeiten ihres neuen Lebens zu erklären. Er berichtete ihr von Axel Hoffen und ihr war der Name augenblicklich vertraut. Die Namen Teufel und Gott sagten ihr allerdings nichts. Er teilte ihr mit, dass dieses neue Buch über die Lingenbande zum Ziel hatte, an ihr und Dieter ein Exempel zu statuieren.

Er versuchte die Schwäche ihrer Körper in der realen Welt zu erklären, versicherte jedoch, dass dies nicht immer so bleiben müsse. Er konnte sich aber nicht verkneifen zu sagen, dass ihm die Aufgabe, dieses Buch aufzuhalten, bislang noch unmöglich erschien.

Sobald sie sich an die Vorstellung gewöhnt hatte, dass sie kein völlig erfundenes Mädchen mehr war, kannte ihre Begeisterung keine Grenzen mehr. Keines seiner Worte konnte ihre Begeisterung dämpfen, was Siegfried überraschte. Es war in den Büchern über die Lingenbande oder wenigstens in denen von Axel Hoffen nämlich so, dass die Mädchen stets als sanfter und schwächer dargestellt wurden als die Jungen und daher den härteren Herausforderungen nicht gewachsen waren.

«Es ist wundervoll. Wir können unser eigenes Leben führen.»

«Es wird nicht leicht sein, Anna.»

«Natürlich nicht – aber nichts Lohnendes ist leicht zu erringen.»

Der Satz, der an die gütigen Worte von Annas Vater in den frühen Büchern über die Lingenbande erinnerte, brachte Siegfried wieder auf die unmittelbar bevorstehenden Schwierigkeiten.

«Eines habe ich dir noch nicht mitgeteilt», sagte er und wandte sich dem Torbogen zu Herrn Gotts Zimmer zu. «Ich glaube, ich habe Herrn Gott umgebracht. Und ich weiß nicht, was das für uns bedeutet.»

«Wir werden dort reingehen müssen.»

«Ich kann es nicht. Ich kann mir jetzt nicht ansehen, was ich ihm angetan habe.»

«Dann gehe ich.»

Siegfried fühlte sich gedemütigt. Der einstmals tapfere Held der Lingenbande war nicht fähig, den Mut aufzubringen, den seine vermeintlich schwächere Gefährtin an den Tag legte. Jetzt erst konnte er die Möglichkeiten erwägen, die sich durch den Tod des alten Schriftstellers ergaben. Entweder würde Teufel einen weiteren «bereitwilligen Autor» finden oder das Projekt ganz aufgeben. Wenn er entschied, ein neues Buch über die Lingenbande wäre den Aufwand nicht wert, was würde dann aus ihnen werden? Würden er und Anna weiter in ihr neues Leben hineinwachsen? Würden Greta und Dieter in alle Ewigkeit im Grauen Zimmer bleiben müssen?

Er konnte keine Antwort auf diese Fragen finden. Er wusste jedoch mit Sicherheit, dass es immer einen anderen Schriftsteller geben würde, der, freiwillig oder gezwungen, sich an das Verfassen dieser vierten Geschichte über die Lingenbande unter Teufels Aufsicht machen würde. Wenn Siegfried durch sein Verhalten Herrn Gott aus Versehen getötet hatte, was würde er mit dem nächsten machen – und dem übernächsten? Das konnte Monate, womöglich Jahre so weitergehen. Wenn er je vollends menschlich wurde, wollte er mit so etwas sein Leben verbringen? Wie könnte er sich je seines Daseins freuen oder Glück empfinden, wenn diese auslaugende Schlacht mit Herrn Teufel alles war, was ihn erwartete?

Anna war neben ihm, bevor er überhaupt bemerkte, dass sie wieder da war.

«Siegfried?»

«Ich habe ihn umgebracht, nicht wahr?»

«Er ist am Leben. Er liegt auf dem Bett, weint über einem alten Foto. Ich habe es nicht sehen können, aber …»

«Bist du sicher? Bist du …», setzte Siegfried an, doch als er sie ansah, starrte sie auf den Torbogen, der zu Axel Hoffens Gefängniszelle führte. «Was ist da …?»

Eine dumpfes Gewirr aus Schmerzensschreien und rabiatem Gebrüll drang aus dem verhängten Bogen. Es war Axels Schreien, Teufels Brüllen.

«Wir müssen ihm helfen, Siegfried.»

«Ich habe es versucht, aber es nützt nichts. Ich … wir können nichts für ihn tun.»

«Das werden wir ja sehen.»

Anna eilte an den Bogen, raffte den Vorhang zur Seite und rief Siegfried zu: «Komm schon, bleib nicht einfach …»

Ihre letzten Worte gingen in dem fortwährenden Getöse in der Zelle fast unter.

«… dort stehen!»

Siegfried konnte den Gedanken nicht ertragen, allein zu bleiben, also folgte er ihr.

Drüben bei der schweren Zellentür wechselten sich Teufel und der Bewacher Wagner dabei ab, Axel mit Schlägen zuzusetzen. Hinter ihnen tat Anna ihr Möglichstes, um sie davon abzuhalten, was, ehrlich gesagt, sehr wenig war. Auf dem Boden lag etwas entfernt von den anderen ein großer eiserner Schlüsselring mit zwei überdimensionalen Schlüsseln. Wagner waren sie entfallen und er hatte es noch nicht gemerkt.

Siegfried fiel die Weinflasche ein, die er in Herrn Gotts Zimmer angestoßen hatte.

Anna wandte sich ihm zu.

«Wurde auch Zeit! Willst du nichts unternehmen?»

Seine Augen waren auf die Schlüssel gerichtet, die Anna nun ebenfalls sah. Sie rannte zu ihnen hin und versuchte sie hochzuheben. Aber sie ließen sich nicht bewegen. Siegfried ging langsam zu ihr und kniete sich wie zum Beten hin. Er umschloss den Metallring mit den Fingern beider Hände und spürte dessen Kälte. Ein tiefes Stöhnen war von ihm zu hören, verlor sich aber im Tumult der Zelle. Er strengte sich an, bis die Adern an seinem Hals hervortraten, und biss die Zähne zusammen, um einen tierischen Schrei zu unterdrücken, der in ihm hochstieg.

Der Metallring löste sich vom Boden und schien dabei Stück um Stück leichter zu werden.

«Sie *werden* Ihren Namen unter dieses Buch setzen, Hoffen», brüllte Teufel, «oder sterben.»

«Niemals!», schrie Axel und duckte sich in Erwartung eines weiteren Schlages.

«Warten Sie», sagte Teufel, der plötzlich ganz steif wurde.

Die Schlüssel in Siegfrieds Händen klapperten und er war sicher, der Hauptsturmführer spürte seine Anwesenheit. Äußerst behutsam legte er den Metallring wieder auf den Boden und hoffte, dass Teufel sich nicht zu schnell umdrehen würde. Doch der Mann in Schwarz blieb ganz still stehen und wandte kein Auge von Axel ab.

Siegfried schaute zu Anna, die auf die halb offene Zellentür deutete. Er konnte die Treppenflucht sehen.

«Wir könnten da raus gehen und sehen, ob es einen Weg gibt, um Axel hier wegzubringen», flüsterte sie. «Du bist stark genug, um den Schlüssel zu heben. Wenn du ihn heben kannst, kannst du ihn auch im Schloss drehen, oder nicht?»

Bevor Siegfried etwas einwenden konnte, sprach Teufel wieder. «Sie sind ein sehr dummer junger Mann». Einen Augenblick lang war es Siegfried so, als würde Teufel ihn ansprechen und nicht Axel. «Ein sehr dummer. Sie scheinen keine Achtung vor Ihrem Leben zu haben. Wir werden ja sehen, ob Sie Achtung vor dem Leben anderer haben.»

Siegfried erreichte rasch die Treppe hinter der Zellentür und stieg hinauf, während die Stimme des Hauptsturmführers hinter ihm verklang. Oben sah er eine Holztür vor sich. Durch deren Glasfenster konnte er erkennen, dass sie unbewacht war. Er drückte die Klinke, war sich aber sicher, sie nicht aufzubekommen. Überraschenderweise jedoch ging die Tür mit einem Quietschen auf und er schritt weiter – Tür nach Tür, hörte Stimmen, sah aber niemanden.

Er gelangte an eine schwerere Doppeltür, an deren Unterkante ein breiter Lichtstrahl hereinfiel. In der Annahme, sie führe hinaus auf die Straße, versuchte er herauszubekommen, wie sie aufging. Es gab keine Klinke, nur einen langen Riegel, der sich nicht bewegen ließ, obwohl die Tür in den Angeln knarrte, als er sich daran abmühte.

Plötzlich hörte er jemanden kommen. Es gab kein Versteck. Er drehte sich um und sah einen Mann mit Brille in einem schwarzen Arbeitskittel vor sich. Er brauchte sich auch nicht zu verstecken. Dieser Mann sah nichts von ihm, genauso wenig wie Teufel, Axel oder Wagner.

Siegfried wich beiseite, als der Mann näher kam und dem langen

Riegel mit der Faust einen Schlag von unten versetzte. Die Tür ging auf und Lärm und Licht fluteten herein. Siegfried wandte sich ab, um nicht geblendet zu werden, und sah auf dem Boden schwach, aber durchaus sichtbar seinen eigenen Schatten abgebildet. Er sauste in den dunklen Winkel der Tür und drückte sich hinein. Der Mann schaute die Straße auf und ab, zuckte mit den Schultern, schloss die Tür und ging, sich am Kopf kratzend, wieder weg.

Siegfried erschien es wie eine Ewigkeit, bis er wieder den Rückweg fand. In den langen, trüb erhellten Fluren ging es nun geschäftiger zu und Siegfried war gezwungen, sich in Türöffnungen zu drücken, damit sein Schatten nicht sichtbar wurde, wenn schwarz uniformierte SS-Männer vorbeigingen. Er versuchte, nicht in Panik zu geraten, als die Minuten verstrichen, doch der schreckliche Gedanke, dass die Zellentür inzwischen verschlossen sein könnte, ließ sich nicht abschütteln.

Er suchte eine Treppe nach der anderen ab, doch die raue Stimme Teufels war nirgendwo zu hören. Das Gebäude war ein albtraumhaftes Labyrinth – so viele Flure, die genau gleich aussahen, so viele unnummerierte Türen.

Dann hörte er Axels Schrei – das unschöne Echo hing lang genug in der Luft, dass Siegfried die richtige Treppenflucht finden konnte. Die Tür war unverschlossen, doch als er eintrat, war Teufel gegangen und von Anna war keine Spur zu sehen.

Der Bewacher, dessen Kahlkopf vor Schweiß glänzte, stand bedrohlich über Axel gebeugt, der ein mit Schreibmaschine geschriebenes Blatt unterzeichnete. Er hatte nachgegeben. Ihm zitterte heftig die Hand, die den Füller so unsicher führte, dass es so aussah, als hätte Axel vergessen, wie sein Name geschrieben wurde oder als wisse er überhaupt nicht mehr, wie er hieß.

«Glaub bloß nicht, dass damit die Prügel aufhören», höhnte Wagner, während er den Knüppel wieder in seinen Gürtel steckte.

Als Siegfried den Knüppel sah, wusste er, wie sie Axel retten würden.

«Dem Himmel sei Dank, du bist heil», sagte Anna, als er wieder in das Graue Zimmer trat. «Sie haben ihn überredet, Siegfried.»

«Ich weiß.»

«Sie haben ihm damit gedroht, sie würden Herrn Gott umbringen, wenn er nicht einwilligt. Teufel meinte, seine Vorgesetzten würden allmählich ungeduldig werden, das Buch müsse entweder bald abgeschlossen werden oder gar nicht.»

«Aber sie werden einen anderen Schriftsteller finden, wenn es sein muss.»

«Nein, Siegfried, ich habe gehört, wie Teufel sagte, es solle nicht noch mehr Zeit mit dem Buch vergeudet werden.»

Wenn also Gott das Buch nicht fertig schrieb, wäre es das Ende. Unglücklicherweise war es Siegfried noch nicht geglückt, bis zu dem alten Mann durchzudringen. Doch es gab etwas, was sie tun konnten, um Teufels Pläne zu durchkreuzen. Gelänge es ihnen, Axel zur Flucht zu verhelfen, dann müsste diese Lesereise durch Schulen und HJ-Versammlungen aufgegeben werden. Das könnte gerade reichen, um Teufel von der ganzen Sache abzubringen. Es blieb ihnen nur die Hoffnung, dass Greta und Dieter bis dahin aus ihrer Erstarrung erwacht sein würden.

«Ich glaube, wir können Axel aus diesem Höllenloch schaffen, Anna.»

«Aber wie?»

«Der Knüppel des Bewachers ...»

Die Schreibmaschine in Herrn Gotts Zimmer brachte Siegfried zum Schweigen.

«Wir kommen wieder, Anna», dachte er, «Wir ... kommen ... wieder!»

Das letzte Abenteuer der Lingenbande

Teil 4

Siegfried geht rasch den Weg zum Dorf hoch, während ihm Dieter mit einigen Metern Abstand hastig hinterherstolpert.

«Hast du wa-wa-was gefunden? Das hast du, ni-ni-nicht wahr? Warum ve-ve-verrätst du mir's nicht?»

Siegfrieds Antworten sind knapp und bündig. «Nein.» «Nein.» «Weil es nichts zu verraten gibt.» Die Zeit für Nettigkeiten ist vorbei. Als er an die Stelle kommt, wo Greta und Anna auf Posten sein sollen, schaut Siegfried sich ungeduldig um, wo sie wohl stecken.

«Greta!», ruft er ärgerlich. «Anna!»

Er hört in der Nähe jemand schluchzen und tritt vor, um hinter eine hohe Lorbeerhecke zu spähen. Dort sitzt Greta auf einer Grasböschung und hält sich die Hände vors Gesicht. Zwischen den feingliedrigen, aber starken Fingern der linken Hand sickert an einer Stelle Blut heraus.

«Wer hat dir das angetan? Haben sie Anna auch verletzt?»

Greta schüttelt den Kopf, blickt aber nicht auf – sie ist zu beschämt, um ihm mit Tränen in den Augen ins Antlitz zu sehen. Er kniet sich neben sie. Hinter sich hört er, wie Dieter die Luft einzieht und sich beim Anblick von Gretas Blut aus dem Staub macht. Siegfried zieht ihr die Hände vom Gesicht. An ihrer linken Backe sind vier parallele Kratzer, aus denen Blut in kleinen Tropfen quillt.

«Wer war das?»

«Anna.»

Sie spricht mit verwunderter Stimme, als könne sie noch nicht ganz glauben, was sie sagt.

«Und warum?»

«Ich habe ihr erzählt, dass ich zum Bund deutscher Mädels gehe», berichtet sie. «Ich habe versucht, es ihr klar zu machen, aber sie wollte gar nicht zuhören. Es tut mir Leid, ich hätte es nicht machen sollen, aber ich wollte bloß ehrlich zu ihr sein. War das falsch?»

«Natürlich nicht. Aber Ehrlichkeit bedeutet diesen Kreaturen nichts.»

Als er auf die hohen Dachgiebel Leiningens blickt, nimmt er es endlich hin, dass die Lingenbande am Ende ist. Kein letzter Triumph erwartet die vier so gar nicht zusammenpassenden Mitglieder. Das Richtige ist, jetzt mit dem Beweis der Schuld von Herrn Matthias und dieser ominösen Nachricht aus dem Bahnhof zu Herrn Hempel zu gehen. Doch wiederum versperrt starrköpfiger Stolz rechtem Sinn den Weg.

Greta und er können bestimmt noch etwas aus den Trümmern der Bande retten, denkt er. Wenn sie ein für alle Mal die wirklichen Übeltäter benennen und sie noch dazu daran hindern können, an der Schule etwas anzurichten, dann hätten sie ganz schön was erreicht. Selbstsüchtig meint er, das wird ihm den Platz als Scharführer der HJ-Ortsgruppe sichern, der er morgen beitreten will, wie er soeben beschlossen hat.

Das Leininger Schulhaus steht gleich hinter dem verwüsteten Gemeindesaal am oberen Dorfende. Schlag Mitternacht, verkündet Siegfried, werden er und Greta Posten beziehen. Greta soll sich in der ausgebrannten Ruine des Saalbaus verstecken, während Siegfried mit einer Öllampe und einer Schachtel Streichhölzer im Innern des Schulgebäudes Posten beziehen wird. Sie werden sich mit Hilfe von Käuzchenrufen verständigen, eine Vorgehensweise, die sie beim Fahrradabenteuer vervollkommnet haben. Und er wird bereit sein, wenn Matthias und seine Freunde anrücken. Sollten sie den Klauen von Herrn Matthias entkommen müssen, können sie über die Felder oberhalb vom Dorf das Weite suchen und sich im Bandenzimmer in der alten Burg treffen.

Inzwischen hört Greta Siegfried gar nicht mehr zu, sondern starrt über seine Schulter. Als Siegfried sich umwendet, hat er Dieter vor sich, der ihn dämlich angrinst.

«Und wa-wa-was soll ich machen?»

«Ich dachte, du wärst schon heimgegangen.»

«Die Idee ist glänzend, Siggi … Siegfried. Was hä-hä-hältst du davon?»

Es ist fünf Uhr am Nachmittag. Sieben Stunden bis Mitternacht und Siegfried weiß, er kann Dieter nicht mehr aus den Augen lassen. Er kann ihm nicht trauen, den Plan geheim zu halten, ob er nun an der Matthias-Verschwörung beteiligt ist oder nicht. Doch wie soll er sieben Stunden lang auf den Einarmigen aufpassen? Es ist beinahe Abendessenszeit und er hat noch die Stallarbeit zu erledigen.

«Dieter», sagte er freudestrahlend, da er das Problem gelöst hat, «wie gefiele es dir, bei uns zu Abend zu essen und zu übernachten? Auf die Art können wir zusammen vor Mitternacht aufbrechen. Was meinst du?»

Tränen der Dankbarkeit treten dem Krüppel in die Augen. Als Einzelkind, um das sich die Eltern wenig kümmern, sehnt er sich danach, in eine große Familie aufgenommen zu werden, und zwar eine, die Deutschland groß machen wird – obwohl Dieter dies nicht besonders am Herzen liegt. Wie ein Welpe will er nur die Wärme der Geborgenheit und die Engels scheinen für ihn mehr als ihren gerechten Anteil davon zu haben.

«Wir we-we-werden wie Brüder sein, gell?»

Nachdem alles abgemacht ist, bricht Greta nach Hause auf und Siegfried und Dieter spazieren hinaus zum Unterlingenhof. Dieter besteht darauf, zu erfahren, welche Rolle er bei den kommenden Ereignissen spielen soll.

«Du darfst die Streichholzschachtel halten, wenn wir uns zur Schule pirschen», sagt ihm Siegfried. «Das klingt zwar nach einer unwichtigen Aufgabe, aber ohne die Streichhölzer kann ich die Lampe nicht anzünden, um zu sehen, wer diese Leute sind.»

«Und we-we-wenn du und Greta auf ihren Po-po-posten sind, wo werde ich da sein?»

So weit weg wie möglich, denkt Siegfried. Doch nein. Dieter muss da sein, wo ihn entweder Greta oder er sehen können.

«Du wirst dich im Gemeindesaal mit Greta verstecken.»

«Ich ka-ka-kann's gar nicht erwarten», jubelt Dieter und hüpft herum, dass er beinahe ins Stolpern gerät.

Die Engels empfangen Dieter mit offenen Armen. Besser gesagt, sie bringen es nicht übers Herz, dem ärmlichen und dürftig bekleideten Knaben nichts zu essen und für eine Nacht kein Dach über dem Kopf zu geben. Bevor Siegfrieds Vater Dieter mit nach draußen nimmt, damit er ihm bei der Stallarbeit hilft, nimmt er seinen Sohn beiseite.

«Es macht uns nichts aus, den Burschen von Zeit zu Zeit hier zu haben», sagt er seinem Sohn. «Doch es tut mir in der Seele weh, ihn von seiner Stiefmutter und diesem trunksüchtigen Vater so vernachlässigt zu sehen. Für Knaben wie Dieter gibt es einen Platz. Eine Sonderschule, wo er gut behandelt werden würde. Ich denke, wir sollten vielleicht versuchen, ihn dort unterzubringen. Ich bin sicher, Herr Hempel würde dabei helfen.»

«Aber er hätte dort keine Freunde», wendet Siegfried ein.

«Er wird neue Freundschaften schließen», entgegnet Heinrich. «Mit seinesgleichen. Du hast für Dieter alles getan, was du kannst. Niemand hätte mehr tun können. Glaub mir, es ist zu seinem Besten.»

Siegfried sieht ein, dass sein Vater Recht hat.

«Es kommt eine Zeit, wo Mitleid nicht mehr genügt, Siegfried. Wir müssen ihm helfen, sich selbst zu helfen. Das wird nie eintreten, wenn er weiter in diesem ... diesem Schweinestall lebt.»

Siegfried nickt und schämt sich zugleich seiner Weichherzigkeit, die nicht ganz verschwinden will.

«Guter Knabe. Dann werde ich mal mit Herrn Hempel reden.»

Der Abend vergeht langsam. Arbeiten, die normalerweise höchstens zwei Stunden brauchen, ziehen sich immer weiter in die Länge, weil der Einarmige so unbeholfen ist. Als die Minuten nicht vergehen wollen, wird Siegfried immer mehr von der Weisheit seines Vaters überzeugt. Eine grausame Weisheit vielleicht – aber ist nicht alle Weisheit grausam, da sie unsere Illusionen zerstört?

Als Siegfried seine Mutter fragt, ob er und Dieter auf dem Heuboden der Scheune schlafen können, willigt sie so eilfertig ein, dass Schuldgefühle an ihm nagen. Es betrübt ihn, dass er sich bald ohne Erlaubnis davonstehlen wird, doch aus seiner Sicht bleibt ihm keine andere Wahl. Er hofft, sie sieht nicht, wie ihm das Blut in die Wangen steigt, als er einige Decken herausholt und mit Dieter über den Hof geht.

Sie klettern die robuste Leiter hinauf, die Heinrich mit seinen starken Armen gezimmert hat, und machen es sich gemütlich. Es ist gerade erst zehn Uhr vorbei. Noch zwei Stunden Wartezeit. Es dauert nicht lange, da ist Dieters aufgeregtes Geplapper verstummt. Herumhuschende Feldmäuse lassen das Stroh knistern.

«Ich ha-ha-hab Angst.»

«So ein Quatsch. Sie werden dich nicht auffressen.»

«Aber sie kö-kö-könnten an mir knabbern.»

«Versuch zu schlafen, Dieter. Du musst um Mitternacht wieder auf den Beinen sein.»

Doch Dieter ist jetzt noch nicht bereit zum Schlafen.

«Neulich ha-ha-hatte ich eine glänzende Idee für das Ba-ba-baumhaus.»

Siegfried hat das Baumhaus völlig vergessen. Sie sind nicht weiter gekommen als bis zum Anbringen der Bodenplanken. Jetzt wird es nie fertig werden.

«Ich ha-ha-hab mir gedacht, wir kö-kö-könnten es anmalen», fährt Dieter begeistert fort. «Es rot anmalen.»

«Na ja, es wäre dann nicht gerade geheim, wenn es rot angemalt ist», erklärt Siegfried geduldig.

«Aber ich habe die Fa-fa-farbe.»

«Hast du sie gestohlen?»

Dieter weicht seinem Blick aus.

«Hast du sie gestohlen, Dieter?»

«Nicht wi-wi-wirklich», nuschelt Dieter.

«Wo ist die Farbe jetzt?»

«Oben im Ba-ba-baumhaus. Es ist ein echt schönes Rot.»

«Bring sie wieder dorthin, wo du sie her hast, in Ordnung?», schärft ihm Siegfried ein. «Stehlen ist Unrecht. Jetzt schlaf mal.»

«Ich ka-ka-kann nicht einschlafen», sagt Dieter enttäuscht. Doch nach sehr kurzer Zeit schnarcht er selig in dem rauen Lager, das behaglicher ist als alles, worin er bisher geschlafen hat.

Erst als die Kirchturmuhr die letzte Viertelstunde vor Mitternacht einläutet, merkt Siegfried, dass er auch eingenickt ist. So wie er Greta kennt, schätzt er, dass sie sich bereits auf den Weg zum Gemeindesaal gemacht hat. Er rüttelt an Dieters Schulter.

«Zeit zum Aufbrechen», flüstert er.

In silbernes Mondlicht getaucht, kommt Siegfried das Dorf noch vollkommener vor als jedes aus dem kostbarsten Metall gearbeitete Schmuckstück. Er eilt mit Dieter durch die engen Gassen. Siegfried trägt die Öllampe, Dieter darf die Streichholzschachtel halten. Wie er es sich gedacht hat, wartet Greta tatsächlich schon auf sie. Sie gehen den Plan noch einmal durch, vergewissern sich, dass jeder Schritt allen klar ist. Dieter ist allerdings so durcheinander wie immer. Schließlich sagt ihm Siegfried nach einem weiteren Versuch, die Einzelheiten klar zu machen, etwas brüsker, als er wollte: «Schau, du brauchst nur zur Burg zurückzurennen, wenn Greta es dir sagt. Folge ihr, klar? Und komm nicht in die Nähe des Schulhauses, was auch passiert. Hast du verstanden?»

«Aber was ist, we-we-wenn sie dich schnappen?»

«Halte dich an Greta. Ich kann auf mich selber aufpassen.»

Bald steigt Siegfried durch ein Fenster in die Schule ein und bezieht in einem Klassenzimmer gleich bei der Eingangstür hinter einem Pult seinen Posten. In einer Schrecksekunde fallen ihm die Streichhölzer ein. Er hat vergessen, sie sich von Dieter geben zu lassen, und jetzt ist es zu spät, noch einmal hinauszugehen. Hat der Einarmige es absichtlich versäumt, ihn an die Streichhölzer zu erinnern? Oder wird Dieter versuchen, ihm mit den Sachen ins Schulhaus zu folgen?

Das unterdrückte Flüstern, das er hört, scheint erst seine schlimmsten Befürchtungen zu bestätigen. Dieter? Nein. Etwas fällt – etwas Schweres mit einem dumpfen metallischen Klang. Ein Benzinkanister?

Jemand flucht und der Ton ist eindeutig der eines Erwachsenen. Ein Schatten, finsterer als die Dunkelheit draußen, huscht am Fenster vorbei und kehrt wieder zurück. Der Schatten eines bärtigen Mannes.

Plötzlich ist die Hölle los. Glas wird nach innen geschmettert. Siegfried springt auf und brüllt aus Leibeskräften, aber keine Worte, nur einen Schrei. Draußen stampfen Schritte in großer Verwirrung, als er über den Boden spurtet und unter seinen Sohlen das gesplitterte Glas knirscht. Er reißt das Fenster auf, ohne Rücksicht darauf zu nehmen, dass er sich die Hände aufschneiden könnte. Zum Glück für ihn passiert ihnen nichts. Er taumelt in die Nacht hinaus und blickt noch auf allen vieren zu dem höher liegenden Feld hinter dem Schulhaus auf, wo zwei Männer wie

Ratten von einem sinkenden Schiff hasten. Er rennt zur Vorderseite des Gebäudes und schaut die Straße rauf und runter – aber keine Menschenseele ist zu sehen.

So steht er mit leeren Händen da. Er kommt sich dumm vor. Hätte er nur einen Augenblick länger gewartet, dann hätte er wohl das Gesicht am Fenster erkennen können.

Dann fällt ihm die Öllampe ein und er geht zurück ins Schulhaus, um sie herauszuholen. Unter den Glasscherben am Boden findet er keine weiteren Anhaltspunkte. Der einzige Beweis, dass Herr Matthias hier war, ist der Schatten eines Bartes, und das reicht einfach nicht. Er muss der Tatsache ins Auge sehen, dass er die ganze Geschichte verpatzt hat. Nur die gemeinsamen Anstrengungen aller guten Menschen des Dorfes können das Böse bezwingen. Nun endlich hat Siegfried diese Lektion gelernt.

Der Weg zur Burg ist ihm noch nie so steil vorgekommen. Seine Stärke ist ihm so sicher geraubt wie sein Stolz. Als er im Nachthimmel über sich die efeubewachsene Ruine erblickt, verspürt er eine schreckliche Einsamkeit. Doch er weiß, dass sie bald, ja schon morgen, aufhören wird. Er wird seinen Platz unter den Burschen der HJ einnehmen und es macht ihm nichts mehr aus, ob er nun ihr Anführer wird oder nicht.

Raben flattern geräuschvoll im dichten Efeu auf. Siegfried steigt die klammen Treppenstufen zum Verließ hinab. Er ist bereit, ihnen mitzuteilen, dass es mit der Lingenbande aus und vorbei ist. Greta wird erleichtert sein. Und Dieter? Nun ja, er wird einsehen müssen, dass es das Beste ist.

Siegfried zieht den feuchten Vorhang beiseite.

«Wer ist da?», flüstert Greta ängstlich.

«Ich bin's, Siegfried.»

Gretas Gesicht ist aschfahl unter ihren blonden Haaren.

«Sie haben sich Dieter geschnappt», jammert sie. «Wir sind ihnen auf den Feldern direkt in die Arme gelaufen.»

«Hast du sie erkannt?»

«Es war zu dunkel und alles ist so schnell abgelaufen ... Es tut mir Leid.»

«Du brauchst dich nicht schuldig zu fühlen», sagt ihr Siegfried.

Obwohl er um Dieters Wohlergehen fürchtet, fühlt er sich auch ungeheuer erleichtert. Wenn die Missetäter ihn gefangen genommen haben, kann er nicht zu ihnen gehören. Aber was soll er jetzt tun? Sich auf die Suche nach Dieter begeben, vielleicht zum Haus von Herrn Matthias? Hier warten und hoffen, dass der Einarmige freigelassen wird und hierher zur Burg findet? Oder stracks zu Herrn Hempel gehen und ihm alles berichten, was vorgefallen ist?

Er fasst den Entschluss, trotz der späten Stunde zum Bahnhofsvorsteher zu gehen. Dann hört er ein vertrautes Schlurfen auf der Treppe draußen. Dieter stürzt in das Bandenzimmer. Er hat ein blaues Auge und an der Unterlippe hängt ein roter Tropfen.

«Si-si-siggy, sie ha-ha-haben mich verprügelt», japst er. «Sie ha-ha-haben gesagt, we-we-wenn wir uns nicht heraushalten, dann bringen sie uns um!»

«Wer hat das getan?», fragt Siegfried. «Du musst ihre Gesichter gesehen oder ihre Stimmen erkannt haben.»

«Ich weiß nichts. Gar nichts, ehrlich. Ich ha-ha-hatte so Schiss und sie hatten so Sachen überm Kopf und ...»

Sie verlassen das Bandenzimmer und die Burg. Siegfried wirft keinen Blick zurück. Das ist jetzt alles Vergangenheit – die Lingenbande, jene Tage der Unschuld. Als er mit Greta ihr Elternhaus erreicht, schüttelt er ihr bloß die Hand und hat das Gefühl, das Ende seiner Kindheit sei gekommen.

Zurück auf dem Hof, bringt er Dieter auf dem Heuboden unter und sagt ihm, er wird gleich zurück sein, er solle sich keine Sorgen machen. Dieter ist seltsam still, besteht nicht wie sonst darauf, mitzugehen. Er fragt Siegfried nicht einmal, wohin er will. Es ist keine Zeit, sich mit diesem sonderbaren Verhalten auseinander zu setzen, denn Siegfried geht im Geiste schon die Geschichte durch, die er Herrn Hempel erzählen wird.

Auf seinem Weg wird er den Benzinkanisterverschluss aus der Kleinkramschachtel im Bandenzimmer holen. Er hofft, das wird ausreichen, um Herrn Hempel zu überzeugen, dass Herr Matthias der Hauptschuldige ist – und dass dies auch zu Genüge seine Eignung für den Beitritt zur Hitlerjugend unter Beweis stellt.

Ein einziger Funke

Axel Hoffen lag am Zellenboden hingestreckt. Er war dort eingeschlafen, zu ermüdet und zerschlagen, um sein hartes Lager zu spüren. Siegfried war neben ihm und flüsterte in das Ohr seines Schöpfers.

«Ich bin hier, ich bin hier. Siegfried ist hier.»

Äußerst widerwillig tauchte Axel aus den dunklen Tiefen seines traumlosen Schlafes auf. Seine Augenlider flatterten, gingen aber nicht auf. Siegfried wusste jedoch, dass er wach war und lauschte. Merkwürdig war nur, dass keine ungläubige Abwehrreaktion kam – nur ein Ausdruck der Resignation auf dem geschwollenen Gesicht.

«Lass mich in Ruhe. Geh einfach weg und lass mich sterben.»

«Niemals! Ich bin gekommen, um dich zu befreien. Ich glaube, es gibt einen Weg.»

Axel schlug seine Augen mit einem Ruck auf und schien Siegfried, dem ein schrecklicher Gedanke kam, direkt anzublicken. Wenn Axel ihn sehen konnte, dann wohl auch der Bewacher. Das würde sicherlich das Ende seines Plans bedeuten.

Doch Axel hatte kein Zeichen des Erkennens von sich gegeben und bereits weggeschaut, obwohl sein Blick nicht abgelenkt war. Er starrte auf einen Punkt am Boden neben ihm. Siegfried folgte diesem Blick. Dort waren sehr verkürzt, weil sie beide direkt unter der nackten Glühbirne kauerten, zwei klar erkennbare Schatten. Siegfrieds eigener Schatten war nicht mehr so verschwommen und gehaltlos wie zuvor im Gefängnisflur.

«Jetzt glaubst du mir, Axel.»

«Ich denke, das habe ich schon immer. Was ist mit den anderen? Wo sind sie?»

«Anna ist auch hier.»

Axel spähte in der Zelle umher und wandte sich wieder an die Stelle, wo er Siegfried vermutete.

«Sie hat noch keinen Schatten, noch nicht.» Siegfried winkte Anna her.

«Axel? Ich bin Anna. Kannst du mich hören?»

«Anna, du klingst genauso, wie ich es mir vorgestellt habe.»

«Wir werden dich befreien.»

Die Entschiedenheit in Annas Stimme überzeugte Axel beinahe. Beinahe.

«Niemand verlässt diesen Ort – außer in einem Sarg.»

«Wir können es schaffen», beharrte Anna. «Siegfried hat schon alles ausgearbeitet, nicht wahr, Siegfried?»

Doch Siegfried hatte ihr nicht zugehört. Ein wagemutiger neuer Einfall war ihm gekommen und er durchdachte ihn gerade. Axel war durch die Stille verunsichert. Sie war für ihn ein Anzeichen, dass Siegfried auch nicht ganz überzeugt war.

«Siegfried?», Anna wurde ungeduldig.

Als Axel mit wachsendem Erstaunen seinen beiden Schöpfungen zuhörte, kehrte sein Hoffnungsgefühl, von Teufels gewaltsamen Einschüchterungen zerschmettert, allmählich wieder. Er erinnerte sich an die einfachen Freuden, unbehindert durch die Straßen Berlins zu spazieren, in einem Café zu sitzen, mit Freunden und Bekannten zu reden – all die Freuden, die er sich viel zu oft versagt hatte, als er noch frei gewesen war.

Bald würde er wieder frei sein, und selbst wenn er gezwungen sein würde, weit weg von seinem Herkunftsland zu leben, würde er sich diese Dinge nie wieder versagen. Er hatte sogar die Hoffnung, dass er eines Tages nach Deutschland zurückkehren würde, wenn dieser Naziwahn vorbei war, was sicher bald der Fall sein würde.

«Siegfried?», wiederholte Anna. «Warum achtest du nicht auf mich?»

Siegfried lächelte sie an. Er sah wie ein kleines Kind aus, das aus einem Süßwarenladen herauskam, die Taschen mit seinen Lieblingsbonbons voll gestopft.

«Na? Magst du mir sagen, weshalb du so breit grinst?»

«Ich hab's! Ich weiß, wie wir dieses Buch ein für alle Mal verhindern können … zumindest glaube ich, dass es klappen kann … Ich …»

«Das hast du mir schon gesagt. Wir schaffen Axel von hier weg, damit er keine Lesereise für dieses schreckliche Buch machen kann, nicht wahr?»

Axel lächelte nun auch, als er sich die Ungeduld in Annas hübschem Gesicht ausmalte.

«Nein, es kommt noch besser. Was ist, wenn Axel das nächste Kapitel schreiben und Hempel anstelle deines Vaters zum Schurken machen würde? Dann könnten wir Axels Kapitel gegen das von Herrn Gott austauschen und wenn Teufel das sieht, dreht er durch. Er wird denken, Gott habe wieder mit dem Trinken angefangen und alles abblasen.»

Es war so, als hätten sie vergessen, dass Axel in der Zelle war. Dieser war äußerst belustigt darüber, dass zwei unsichtbare Personen miteinander redeten, als sei die einzige sichtbare und ganz und gar reale Person gar nicht vorhanden. Er spürte, wie seine Schmerzen nachließen und einer außergewöhnlichen Begeisterung Platz machten. In einer verrückten Welt erschien ihm Siegfrieds Einfall vollkommen vernünftig.

«Aber das kann Axel nicht machen, Siegfried. Er wird zu beschäftigt sein, aus Deutschland herauszukommen. Die kleinste Verzögerung könnte ihn das Leben kosten.»

«Vielleicht hast du Recht. Und außerdem, ist es wirklich sinnvoll, dieses Buch zu verhindern? Ich meine, es werden trotzdem noch hunderte weiterer Bücher geschrieben, oder nicht? Was macht ein Buch weniger da für einen Unterschied?»

Es kam keine unmittelbare Antwort von Anna, aber Axel, der nun mit allen Sinnen wach war, hatte den Eindruck, sie denke angestrengt über Siegfrieds Worte nach.

«Ich meine damit nicht, dass wir aufgeben sollten, aber wir können nicht viel tun, Anna. Axel befreien, uns selbst befreien und hoffen, Dieter und Greta wachen auf, bevor es zu spät ist. Und das Buch – na ja, wie schon gesagt, macht es wirklich was aus, wenn es geschrieben wird?»

«Steht das Wasser hoch im Fluss», begann Anna, brach dann aber wieder ab. Sie ballte verärgert die Fäuste bei dem Versuch, sich zu erinnern, und probierte es noch einmal. Diesmal kamen die Worte ohne Unterbrechung:

Steht das Wasser hoch im Fluss,
Ein einziger Tropfen genügt
Zum Hochwasser im Land.
Bleibt der Wald ohne Regenguss,
Ein sorgloser Funken genügt
Und setzt das Laub in Brand.

Siegfried sah sie erstaunt an. Wenn dieses Gedicht in einem der Bücher über die Lingenbande gestanden hätte, wäre es ihm bekannt gewesen. Aber diese Bücher enthielten keine Gedichte.

«Wo hast du das gelernt?»

Anna war von sich selbst so überrascht wie Siegfried. Sie hatte keine Ahnung, woher die Worte stammten.

«Ich weiß es nicht. Aber siehst du nicht, was das bedeutet? Ein Buch kann sehr wohl was ausmachen, ganz egal, wie viele es sonst gibt. Und ein Buch zu verhindern, kann auch was ausmachen.»

«Jetzt begreife ich. Aber ich möchte doch zu gern wissen, wo das Gedicht her ist, wenn es nicht in unseren Büchern steht.»

«Das habe ich geschrieben», sagte Axel. «Es war einer meiner *Nachtgesänge*. Einer der Gründe, warum ich hier gelandet bin.»

In seiner Stimme lag keine Mutlosigkeit. Er fühlte sich wieder stark – stärker als je zuvor in seinem Leben.

«Ich werde es tun», sagte Axel.

«Was tun?» Siegfried hatte den Gesprächsfaden verloren.

«Bringt mich weg von hier, dann werde ich dieses Kapitel schreiben.»

«Es ist zu gefährlich.»

«Freiheit hat immer ihren Preis, Anna. Ich bin sicher, das weißt du inzwischen.»

Siegfrieds letzter Einwand war nur noch halbherzig. «Aber ich habe es noch nicht ganz durchdacht, Axel. Woher willst du die Schreibmaschine und die Seiten bekommen und wie …?»

«Lass das meine Sorge sein.»

Siegfried und Anna wechselten einen kurzen Blick. Sie nickte zustimmend.

«Hoffentlich klappt mein Plan.»

«Er wird klappen», sagte Axel der ruhigen Luft, aus der Siegfrieds Stimme zu ihm drang.

Vor der Zellentür zeichnete sich in Wagners bulliger Physiognomie eine wachsende Verärgerung über das von drinnen kommende Gemurmel ab. Hauptsturmführer Teufel hatte ihm eingeschärft, für eine Weile mit dem Prügeln auszusetzen. Er fürchtete, der Bewacher würde Axel sonst einen bleibenden Schaden zufügen. Das würde nicht gut aussehen auf der Lesereise durch Schulen und HJ-Lager, die er für den Schriftsteller geplant hatte. Aber Wagner hielt es nicht mehr aus, als er das laute Jammern hörte, das Axel Hoffen nun angestimmt hatte.

In seiner Rage hatte er Schwierigkeiten, den richtigen Schlüssel zu finden, was seine Wut nur noch vergrößerte. Schließlich bekam er die Tür auf und fegte herein, der Knüppel schwang locker an seiner Seite. Die gewaltigen Fäuste erhoben, stürmte er auf den Gefangenen zu. Er spürte, dass etwas an seinem Gürtel zerrte. Dann erinnerte er sich nur noch an den Schlag auf seinen Schädel und das Lächeln des Gefangenen, während sich blutrote Dunkelheit über ihn senkte.

Die Flure waren unheimlich still. Axel hatte keine Ahnung, wie spät es war. In seinem Kellerloch war das Licht immer an gewesen und so hatte er das Zeitgefühl verloren. Als sie die vielen Treppen hinaufgingen, kam kein Fenster in Sicht. Siegfried ging voran und rief ihn von einem Flur zum nächsten, während alle

Türen wie durch einen Zauber aufging, der nur Axel begreiflich war. An jeder Tür steigerte sich der Nervenkitzel und die Angst vor Gefangennahme wuchs.

Siegfried schritt den Flur entlang, von dem er wusste, dass er der letzte vor der verriegelten Tür war, die auf die Straße hinaus führte.

Plötzlich ging eine Tür neben ihm auf und er stand direkt vor Teufel. Der Hauptsturmführer hielt inne – und drehte sich wieder zu jemandem im Zimmer um. Siegfried packte die Klinke und drückte die Tür zu. Mit aller Kraft wehrte er sich gegen Teufels Bemühungen, sie wieder aufzustemmen. Axel rannte indes den Flur entlang und schob den Riegel der letzten Tür nach oben, wie Siegfried es ihm gesagt hatte.

Die kühle Nachtluft strich über sein zerschlagenes Gesicht, als könnte sie Heilkräfte freisetzen. Die Straße war leer. Axel schloss leise die Tür und tauchte in den Nebenstraßen Berlins unter.

«Verflixt, was ist mit dieser Tür los?», wollte Teufel im Zimmer, vor dem Siegfried stand, von einem Untergebenen wissen.

Endlich ließ Teufel von seinen Bemühungen ab und Siegfried raste zum anderen Ende des Korridors, wo Anna wartete. Bald waren sie wieder in der Zelle, kamen am noch bewusstlosen Wagner vorbei und gelangten ins Graue Zimmer. Sie lauschten auf die befürchteten Laute, die anzeigten, dass Axel wieder in seine Zelle gebracht wurde. Am Tisch saßen Greta und Dieter noch so aufrecht wie zuvor – graue regungslose Körper.

Bald überwältigte Siegfried und Anna eine ungeheure Müdigkeit. Die lange Stille, zuerst so abschreckend, wurde mit der Zeit beruhigend. Sie schliefen. Obwohl ihre Träume unterschiedlich waren, war der Ort derselbe: Leiningen.

Anna lief mit Greta durch die Wiesen oberhalb der Burg Leiningen. Sie pflückten Blumen: Edelweiß, weiße Rosen, Schneeglöckchen. Noch beim Einsammeln kam es Anna merkwürdig vor, dass all diese Blumen zur gleichen Jahreszeit blüten. Sie wunderte sich auch, dass es nur weiße Blumen waren. Beim Gehen versuchte sie sich, dieses sonderbare neue Leben, das in ihr aufkeimte, mit all seinen Wundern und Schrecken zu erklären. Doch Greta wollte kein Wort von ihr verstehen; sie bat Anna, aufzuhören, weil es ihr Angst einjagte.

Siegfrieds Traum war ebenso wunderlich. Er stellte fest, dass er am großen runden Tisch im Unterlingenhof saß. Hauptsturmführer Teufel und Wagner saßen vor ihm, so grau und reglos, wie er früher selbst gewesen war. Er konnte sich nicht bewegen und erkannte, dass auch er wieder – und womöglich für immer – in diesen leblosen Zustand zurückgefallen war. Er versuchte um Hilfe zu rufen, doch ihm waren die Lippen versiegelt. Dann hörte er hinter sich eine Stimme.

«Siggi. Siggi.»

Sein Körper erbebte. Die ganze Küche wurde erschüttert. Porzellan und Besteck klapperte und flog vom Tisch. Die riesige Anrichte hinter Teufel und dem Bewacher neigte sich allmählich nach vorn und er war sicher, sie würde auf sie fallen und sie für alle Ewigkeit in Staub verwandeln.

«Siggi, Siggi», rief die Stimme wieder.

Er konnte sich immer noch nicht rühren. Die Anrichte kippte nach vorn und begrub Teufel, Wagner und den Tisch unter einer dichten Wolke aus trockener Asche, die – gleich einer Million Sterne – vor seinen Augen aufwirbelte.

«Siggi. Siggi.»

Siegfried fuhr hoch und rieb sich die Augen, wie um dem Traumstaub daraus zu entfernen.

«Siggi.»

Er drehte sich um. Neben ihm kniete Dieter, durch Siegfrieds Angst aus seinem Schlummer geweckt.

«Kann mir jemand erklären, was hier vorgeht?»

Siegfried weckte Anna aus ihrer seltsamen Begegnung mit Greta, dann sprachen die drei Gefährten stundenlang miteinander, so schien es ihnen zumindest. Es gab ungeheuer viel zu erklären. Siegfried ging langsam vor und versuchte es für Dieters Begriffsvermögen halbwegs einfach zu gestalten.

«Siggi, du redest mit mir, als wäre ich ein Vierjähriger. Als wären wir immer noch in dem blöden Buch.»

«Es tut mir Leid. Es liegt daran, dass er dich stottern lässt und …»

«Und weil jemand stottert, muss er auch dumm sein? Und übrigens, es ist dir vielleicht noch nicht aufgefallen, aber ich bin kein Stotterer.»

«Wie konnte ich nur darauf reinfallen?»

«Die Macht der Worte, Siggi. Mit Worten kannst du Leuten alles weismachen.»

Erst da fiel Siegfried auf, dass Dieter ihn die ganze Zeit mit seinem Spitznamen ansprach und es ihm nichts ausmachte. Das war auch wieder so eine alberne Idee von Herrn Gott. Er verspürte keinen närrischen Stolz auf seinen Namen; das war lediglich die Fantasie im Kopf eines alten Mannes.

Wenn Dieter körperlich genau so wie in den Büchern war, klein geraten und mit nur einem Arm, so war er im Geist ganz anders. Als Siegfried in diese braun gefleckten Augen sah, hatte er sogar den Eindruck, dass Dieter mehr begriff als er selbst.

«Wir können uns befreien, aber das hat seinen Preis, stimmt's?»

Wenn Dieter so etwas sagte, tat er das nicht in verzweifeltem Ton. Es lag immer die Andeutung eines Lächelns in seinem Koboldgesicht, als wäre ihm ständig eine witzige Seite an dem, was sich Leben nennt, bewusst.

Die Schreibmaschine in Herrn Gotts Zimmer legte viel zu früh los, doch Dieter geriet nicht in Panik. Er erhob sich und half Anna mit seiner einen, starken Hand auf die Beine.

«Du siehst hier sogar besser aus als im Buch, wusstest du das?»

«Dieter!»

Anna war sich nicht sicher, was sie von Dieter halten sollte. Sein Lächeln war aber so verschmitzt, dass sie wusste, von seiner Seite waren keine romantischen Absichten im Spiel.

«Na», fügte er hinzu, «du siehst auch im Buch toll aus!»

Als sie auf den Leininger Torbogen zutrieben, fühlte Siegfried, dass in die abgestandene Atmosphäre des Bandenzimmers etwas Neues eingedrungen war. Die Verhältnisse würden nie wieder so furchtbar erscheinen, da sie jetzt Dieter bei sich hatten, der ihre schreckliche Last mit seinem Humor erleichterte.

«Und Siggi. Bis jetzt habe ich in dieser Geschichte ein aufgeschlagenes Knie, einen aufgeschürften Ellbogen und ein blaues Auge abbekommen. Setz mir nicht so sehr zu, ja?»

Ein Scherz. Doch wie bei allen Äußerungen Dieters, das war Siegfried schon aufgefallen, lag darin ein unheimliches Erfassen der Wahrheit – und der Zukunft.

Das letzte Abenteuer der Lingenbande

Teil 5

Der Nachthimmel über Leiningen ist trotz Bewölkung erhellt von einem flackernden rotgelben Schein, der nur Eines bedeuten kann. Von der zum Dorf führenden Straße aus sucht Siegfried den Horizont ab und sieht sofort, wo das Flackern herkommt: Die Burg steht in Brand.

«Meine Kleinkramschachtel!», schreit er auf. «Der Benzinkanisterdeckel!»

Er rennt durch die Ausläufer des Dorfes auf die Felder und durch den dichten Fichtenwald, der wie ein Schutzmantel die alten Ruinen umgibt. Er hört Schreie und aufgebrachte Rufe und denkt für einen Augenblick, dass er erneut auf die Übeltäter treffen wird. Doch als er vom fichtennadelübersäten Weg ins Freie tritt, sieht er als erstes Herrn Hempel.

Die Flammen haben sich schon gelegt. Eine dicke Rauchwolke steigt vom verkohlten Efeubewuchs der Burgmauern auf.

«Jetzt holen wir uns Matthias aber!», ruft jemand, doch eine andere Stimme fragt zaghafter: «Warum sollten sie die Burg abbrennen wollen? Worin liegt der Sinn? Es ist doch bloß ein Steinhaufen.»

Von allen Anwesenden weiß nur Siegfried die Antwort auf diese Frage. Die Menge schart sich allmählich um Herrn Hempel, blickt wie stets in ihrer Verwirrung Rat suchend zu ihm auf. Er hebt die Hände, um das Volksgemurmel zum Verstummen zu bringen.

«Bitte beruhigt euch. Ordnung muss sein!»

Siegfried, von den anderen bislang noch nicht bemerkt, schlägt einen Bogen zur Rückseite der Burg und klettert zum Kellereingang. Der Rauch, wenn auch nicht ganz so dicht wie am Efeu draußen, lässt seine Augen tränen, als er die Kellertreppe hinunter geht. Er erschwert ihm das Atmen, so dass ihm wenig Zeit bleiben wird. Dazu herrscht undurchdringliche Finsternis.

Er bewegt sich durch den vertrauten Raum des äußeren Zimmers und tastet sich zum wirklichen Bandenzimmer durch. Er streckt die Hand aus, um den Jutevorhang zurückzuziehen, doch der ist weg. Zweifellos abgebrannt. Oder von den Brandstiftern nur heruntergerissen?

Im Bandenzimmer kann er sein Husten nicht mehr unterdrücken. Zum Umkehren ist es zu spät und er kann nur hoffen, dass sie ihn draußen nicht gehört haben. Er stolpert über den Unrat auf dem Boden und gelangt in die Ecke, wo die Bücherregale sein sollten. Ein gewaltiger Schrecken fährt ihm in die Glieder, als er erkennt, dass auch die zusammengebrochen sind. Verzweifelt tastet er nach der golden angemalten Kleinkramschachtel.

Mittlerweile bekommt er kaum noch Luft. Er keucht und würgt und ist sich bewusst, dass er in wenigen Sekunden ohnmächtig werden kann. Dann ertastet seine linke Hand die kleine Metallschachtel. Sie ist heiß wie eine glühende Kohle. Er reißt sich das Hemd herunter, fetzt noch den letzten Knopf weg, und wickelt es um die Schachtel. Er dreht sich um und hastet auf den Torbogen zu, kann kaum mehr denken, kaum mehr einen Schritt vor den anderen setzen.

Irgendwie findet er das äußere Zimmer und taumelt auf die Treppe zu, ohne zu bemerken, dass er schon direkt vor ihr steht. Er stürzt nach vorn und spürt, wie seine Stirn gegen eine harte Steinkante kracht. Er schreit, doch als er bewusstlos wird, ist er sicher, dass der Schrei nicht über seine Lippen kam.

«Siegfried! Bist du in Ordnung, Siegfried?»

Er öffnet die brennenden Augen, doch der Schmerz ist so schlimm, dass er sie gleich wieder schließen muss.

«Meine Schachtel», haucht er schwach. «Wo ist meine Schachtel?»

Neben ihm seufzt Dorfschmied Dielen erleichtert nach der Anstrengung. Siegfried, der für sein Alter recht groß ist, diese Kellertreppen hinaufzuschleppen, war nicht leicht.

«Hierher!», ruft Herr Dielen. «Es ist der junge Engel!»

In einer Geräuschlawine strömt die Menge auf Siegfried zu und er versucht erneut, seine Augen zu öffnen. Herr Hempel beugt sich mit verwunderter Miene über ihn.

«Was hast du dort unten gemacht?», fragt er.

«Es ist … es war … unser Bandenzimmer», erklärt Siegfried, der wegen des Rauchs immer noch keuchen muss. «Ich musste die Schachtel finden … meine Schachtel … Wo ist sie?»

Herr Hempel bückt sich und hebt hinter Siegfried den kleinen Metallbehälter auf.

«Ist es die?»

Siegfried ist trotz der Kälte, die ihm Schauder über den Rücken jagt, unaussprechlich froh. Herr Hempel übergibt die Schachtel dem Schmied, zieht seinen Mantel aus und legt ihn Siegfried um die nackten Schultern.

«Machen Sie auf. Schauen Sie, was drin ist», sagt Siegfried, der sich schon in der Wärme des Mantels und auch in der Aussicht auf das Lob Herrn Hempels sonnt. Der Bahnhofsvorsteher wird nicht erfreut darüber sein, dass er das Beweisstück so lange für sich behalten hat, aber besser spät als nie, denkt Siegfried.

«Unter den Muschelschalen und den anderen Sachen werden Sie es finden.»

Herr Dielen hebt ehrfürchtig den Deckel der Schachtel und sein überraschter Blick versetzt Siegfried in ausgesprochen freudige Erregung. Doch dieses Gefühl ist nur von kurzer Dauer.

«Sie ist leer.»

Siegfried setzt sich auf und entreißt die Schachtel den schwieligen Händen des Schmieds. Es liegt kein Irrtum vor. Die Muschelschalen, die Kastanien, die Münzen, alles verschwunden – und natürlich auch der Benzinkanisterdeckel. Die Mienen der Umstehenden wandeln sich von Erwartung über Verwunderung schließlich zu ungeduldigem Spott.

«Närrischer Dummkopf, hast nur unsere Zeit vergeudet», lautet ihr Urteil, als sie sich nacheinander zerstreuen und nur noch Herr Hempel bei ihm bleibt.

Siegfried möchte sich in die nächste Spalte der Burgmauern verkriechen, um seine Scham zu verbergen. Wie es Menschen in solchen Situationen oft tun, sucht er zunächst die Schuld bei anderen. Nur Greta wusste vom Benzinkanisterverschluss. Hatte sie ihn dabei beobachtet, als er ihn in die Kleinkramschachtel legte? War es möglich, dass sie die entscheidende Information ausgeplaudert hat, vielleicht nur aus Versehen? Der Gedanke allein ist so absurd wie er unwürdig ist. Vielleicht haben Anna oder Dieter doch herumgeschnüffelt und den Deckel gefunden. Ja, so könnte es eher sein, aber das muntert ihn auch nicht auf. Wie kann er nur so dumm gewesen sein, es überhaupt dort zu verstecken, denkt er. Es ist nicht abzustreiten. Die Schuld lastet einzig auf seinen Schultern.

«Ich muss ein Geständnis ablegen», sagt er. Herrn Hempel fällt die Kinnlade herunter.

Siegfried errät, was der Bahnhofsvorsteher denken muss.

«Nicht so ein Geständnis. Ich habe den Gemeindesaal oder die Burg hier nicht in Brand gesetzt.»

Als Siegfried ihm alles beichtet, zeigt Herr Hempel so viel Besorgnis und Verständnis, dass die schreckliche Last der Schuld mit jedem Wort leichter wird. Herr Hempel überdenkt die Angelegenheit eine Zeit lang schweigend. Dann spricht er in seiner üblichen sanften, aber bestimmten Art.

«Das hast du gut gemacht, Siegfried», sagt er. «Doch ich meine, du wärst noch besser beraten gewesen, wenn du dich mir eher anvertraut hättest.»

«Die Hitlerjugend wird mich jetzt nicht mehr nehmen, was?», fragt Siegfried und befürchtet das Schlimmste.

Herr Hempel hilft Siegfried auf die Beine und lächelt.

«Wir machen alle mal Fehler, das ist doch nur menschlich», bekräftigt er. «Das Wichtige ist, aus diesen Fehlern zu lernen. Ich glaube, das hast du gemacht.»

«Ich *kann* also beitreten?»

«Komm als Erstes morgen früh in mein Büro, Siegfried. Ich bringe das Formular mit.»

Siegfried ist überglücklich, hat aber das Gefühl, so viel Glück gar nicht verdient zu haben.

«Wir könnten Herrn Matthias jetzt schon haben, wenn ich nicht so blöd gewesen wäre.»

«Mach dir darüber keine Sorgen», verkündet Herr Hempel zuversichtlich. «Der Jude wird bald *seinen* Fehler machen. Und dann liegen wir schon auf der Lauer.»

Trotz des Pochens in seiner angeschlagenen Stirn und dem üblen Rauchgeschmack, den er nicht aus seiner Kehle bekommt, geht Siegfried mit einem leichteren Schritt als die ganzen Tage davor. Nichts, denkt er, kann seine prächtige Hochstimmung ändern – doch da irrt er.

Auf dem Heuboden trifft er Dieter noch schlafend an. Seine eine Hand liegt offen auf der schweren Decke. Darin ruht die Bezinkanisterkappe.

«Die ha-ha-habe ich hier im Heu gefunden!»

Siegfried durchforstet sein Gehirn, kann den Deckel aber nirgendwo anders als in der Kleinkramschachtel sehen.

«Dieter? Bist du sicher, sie hier gefunden zu haben?»

«Natürlich», sagt Dieter und fügt tränenerstickt hinzu: «Du glaubst mir nicht, was?»

«Hast du ihnen von unserem Bandenzimmer erzählt?»

«Wem erzählt?»

«Du weißt, wen ich meine.»

Dieter kriegt es mit der Angst zu tun. Vor was, ist sich Siegfried nicht ganz sicher.

«Ach, die, diejenigen, die mi-mi-mich verprügelt haben. Nein! Das wü-wü-würde ich nie tun. Ich ma-ma-mag die Bande.»

«Es gibt keine Bande mehr», schmettert Siegfried dem Einarmigen entgegen.

Dieter bittet und bettelt, aber Siegfried weiß, er darf nicht darauf hören, ganz egal, wie verzweifelt der Krüppel klingt. Siegfried lernt eine sehr notwendige Lektion: Er muss einsehen, dass es eine Zeit gibt, in der er sich abhärten muss, eine Zeit, in der er um der Güte willen grausam sein muss. Dieter mag von anderen in die Irre geleitet worden sein, aber er ist dennoch schuldig.

Schließlich lässt Dieter seine fruchtlosen Einwände sein. Während er sich seine zerlumpten Stiefel anzieht – es sind die von seinem nicht sehr fürsorglichen Vater abgelegten –, blickt er Siegfried wie ein weidwundes Tier an.

«Sag deinen Freunden», erklärt Siegfried ganz ruhig, «dass wir ihnen auf den Fersen sind.»

«Ich ha-ha-habe nun keine Freunde mehr», antwortet Dieter und verschwindet in der Nacht.

Am nächsten Morgen ist Siegfried wach, noch bevor der Hahn zum zweiten Mal kräht, und unten auf dem Hof. Sein Vater, schweigsam wie üblich um diese Zeit, taucht bald auf und sie machen sich an die frühmorgendliche Stallarbeit, die einen ordnungsgemäß bewirtschafteten Bauernhof am Laufen hält. Um halb sieben ruft seine Mutter aus der Küche zum Frühstück. Die erwartungsvolle Stille des Bauernhofs belastet Siegfried und er kann seine Ankündigung nicht länger zurückhalten.

«Ich gehe heute früh zu Herrn Hempel in den Bahnhof», sagt er. Der verträumte Blick in den Augen seiner Eltern wird vor Verwunderung ganz groß. «Ich trete der Hitlerjugend bei!»

Bereits um sieben Uhr läuft er den Fahrweg entlang, ungeachtet ihrer gut gemeinten Ratschläge, dass es ein bisschen zu früh sei, um Herrn Hempel an seinem Schreibtisch anzutreffen. Er geht unbeirrt weiter und denkt dabei: «Ich habe schon zu lange damit gewartet, das Rechte zu tun.»

Eine überraschende Wendung

Das Graue Zimmer nahm vor Siegfrieds Augen allmählich Gestalt an. Seine Stirn tat weh und es überraschte ihn, einen so realen, lebhaften Schmerz von einem Sturz in jener Fantasiewelt von Leiningen zu verspüren. Das grobe Verhalten, das er gegen Dieter an den Tag gelegt hatte, obwohl es nicht seine Schuld war, schmerzte sogar noch mehr. Er wandte sich nach Dieter um und sah erleichtert, dass dieser nur mit den Schultern zuckte, als wolle er sagen: «Vergiss, was in der Geschichte vorgefallen ist – es sind ja bloß die Hirngespinste eines alten Narren.»

Anna blickte enttäuscht zu Greta, die allein am staubigen Tisch saß.

«Ich habe solche Angst um sie. Was ist, wenn wir dieses Buch zerstören, bevor sie aufwacht? Was wird dann aus ihr werden?»

«So wird es nicht ablaufen», fiel Siegfried dazu nur ein.

Er hatte nur noch wenig Hoffnung für Greta. Ihre Absicht, die Kapitel auszuwechseln, würde entweder rasch gelingen oder gar nicht. Wenn alles klappte, dann wäre Greta dazu verurteilt, auf ewig im Grauen Zimmer zu bleiben. Er war zuversichtlicher denn je, dass er, Dieter und Anna, sobald das Buch aufgegeben wurde, endlich vollkommen real werden würden. Es war ja nicht auszumalen, wenn sie ihr Leben an diesem trübsinnigen Ort weiterführen müssten. Einige grausame Entscheidungen müssten bald getroffen werden, doch Siegfried wollte gar nicht damit anfangen.

«Vielleicht sollten wir warten, bis Greta mit von der Partie ist.»

Dieter sprach mit leiser Beharrlichkeit. «Nein, Siegfried. Wir müssen etwas in Gang setzen. Wenn wir es probieren, wenn wir unser Bestes geben, dann ist das Glück auf unserer Seite – und auf Gretas.»

«Ich glaube, Greta braucht etwas mehr als Glück», bemerkte Anna trocken.

«Mag sein. Aber es nützt ihr am wenigsten, wenn wir hier rumsitzen und nichts tun. Stellt euch bloß vor, was passieren wird, wenn wir nichts täten und Gott das Buch beendet? Seht ihr denn nicht, dass wir sie bald hassen würden? Für den Rest unseres Lebens, nein, für den Rest unserer erbärmlichen grauen Existenz würden wir sie hassen, bloß weil wir abgewartet haben, dass etwas passiert, anstatt unsere Hintern hochzukriegen und etwas zu unternehmen.»

Es bedurfte keiner weiteren Worte, um ihren nächsten Zug festzulegen. Wo Axel sich auch verbarg, sein Torbogen würde sie zu ihm führen. Deshalb gingen sie hindurch und fanden sich in einem großen, hallenartigen Raum wieder, in dem zu beiden Seiten Betten aufgereiht waren und es nach Pfeifentabak roch. Es war dunkel, bis auf das Mondlicht, das durch vier lange Fenster schien.

In den Betten lagen alte und junge Männer, alle eindeutig bettelarm, den zerlumpten Kleidern und Mänteln nach zu schließen, in denen sie schliefen. Nur ein Mann saß aufrecht im Bett. Zuerst erkannte Siegfried den Vagabunden mit kahl geschorenem Kopf nicht, der mit einem alten Bleistiftstummel geschäftig auf lange Blätter aus braunem Papier schrieb.

Der Mann blickte auf, als könne er ihre Anwesenheit wittern, und da sahen sie, dass es Axel war. Er hob den Finger an die Lippen und winkte ihnen, ihm zu folgen. Der Durchgang zwischen den Betten wirkte endlos und Siegfried hatte entsetzliche Angst, dass einer der anderen Männer seinen Schatten sehen könnte, der sich abzeichnete, wenn er an einem der hohen Fenster vorbeikam. Ein alter Landstreicher, dessen schneeweißer Bart um den Mund herum vom Kautabak braun war, regte sich. Er schien für einen schrecklichen Augenblick auf Siegfrieds unbewegte Silhouette auf dem Boden zu starren. Doch die Gefahr verzog sich, als der alte Mann sein Gesicht aufs Kissen drehte und selig weiter schnarchte.

Als sie durch die Tür traten, bemerkte Siegfried, dass Axel ihn ganz sonderbar ansah. Anna schloss den Zugang zu den zerlumpten Schläfern.

«Siegfried! Ich kann dich sehen. Sehr schwach, aber ... Guter Gott, ich kann dich sehen!»

Eigentlich hätte das ein großartiger Augenblick für Siegfried sein müssen, doch stattdessen war es einfach nur erschreckend. Wenn er dem menschlichen Auge nun sichtbar war, lief ihnen die Zeit für ihr Vorhaben rasch davon – für Greta natürlich auch.

«Du bist genau so, wie ich es mir vorgestellt habe», rief Axel aus. «Aber was sage ich da – natürlich bist du das. Ich habe dich ja erschaffen!»

«Entschuldigt», meldete sich Dieter. «Können wir bitte weitermachen?»

Axel zuckte mit dem Kopf in die Richtung, aus der die Stimme gekommen war.

«Dieter?»

«Zu Diensten. Du bist kleiner, als ich gedacht habe, und ich muss sagen, der Haarschnitt ist etwas drastisch.»

Axels verdutzte Miene löste sich in einem kräftigen Kichern auf. Er riss sich wieder zusammen und deutete eine Treppe hinauf. Noch immer vor sich hin lächelnd, nahm er drei Stufen auf einmal. Sie folgten ihm in ein kleines Büro, in dem sich ein robuster Aktenschrank, ein Schreibtisch, ein Stuhl und sonst kaum etwas befanden. Auf dem Tisch stand eine Schreibmaschine, aus der eine leere Seite schlaff herabhing.

Axel zog den Stuhl zurück, setzte sich an die Maschine und blickte zu einer hübschen Kuckucksuhr an der Wand auf. Siegfried fand sie fehl am Platz in dem spärlich eingerichteten Raum, so dass er nicht darauf achtete, welche Zeit sie anzeigte.

«Wir sollten uns an die Arbeit machen. Berichtet mir alles, was bisher geschah, und versucht, euch an die geringfügigste Kleinigkeit zu erinnern. Gerade die Einzelheiten sind besonders wichtig.»

«Sind wir hier sicher, Axel?», fragte Anna. «Was ist das für ein Ort?»

«Das ist ein Armenhaus. Wir spalten Holz und erhalten ein Bett, eine Kanne Kaffee und etwas Schwarzbrot dafür. Die Mönche, die es führen, stellen keine Fragen, solange wir unseren Anteil erledigen.»

Siegfried war nicht überzeugt.

«Was ist mit den anderen Männern? Haben sie nicht gefragt, warum du so grün und blau geschlagen bist und so?»

«Die haben ihre eigenen Probleme. Also, wer liefert mir jetzt die Geschichte?»

Anna, Dieter und Siegfried teilten sich die Erzählung von Herrn Gotts verzwickter Handlung auf. Immer wieder fügte Anna die ausgelassenen Einzelheiten ein, auf die Axel so erpicht war. Er war sich sicher, darunter etwas zu finden, was der Geschichte eine neue Wendung geben würde.

Als Axel die Möglichkeiten durchdachte, stieß der Holzkuckuck ein mechanisches Krächzen aus, das alle zusammenzucken ließ.

«Viertel vor elf!», rief Siegfried. «Teufel wird um elf wieder in Herrn Gotts Zimmer sein.»

Axels Zuversicht war angekratzt, aber er versuchte, Ruhe zu bewahren. Als Schriftsteller war er noch nie einem solchen Termindruck ausgesetzt.

«Nett von dir, Siegfried, mir das zu sagen», meinte er.

«Es tut mir Leid, alles geschieht so schnell und ...»

«Zum Schreiben eines ganzen Kapitels ist es zu spät. Stattdessen werde ich ein Stück an das Ende von Gotts letztem Kapitel anfügen müssen.»

Anna sah ein Problem voraus.

«Was ist, wenn er auf halber Seite mit dem Tippen aufgehört hat? Eine neue Seite würde nicht recht dazu passen, oder?»

«Wir können die Seite dort abreißen, wo er aufgehört hat», schlug Dieter vor. «Es wird schlampig aussehen, aber Herr Gott ist nicht gerade ein Muster an Ordnung, was?»

«Ist gut», sagte Axel, «gebt mir fünf Minuten. Ich habe eine Idee.»

Diesmal gingen sie bereitwillig in das Graue Zimmer und weiter in die unwirkliche Welt Leiningens.

Axel machte sich ans Tippen, zuerst zögerlich, doch dann mit einer Leidenschaft, die kein Hindernis kannte. Die Worte fielen wie ein leichter, lebenspendender Regen auf die ausgedorrte Wüste seines Verstandes.

Nach wenigen Minuten steht Siegfried atemlos vor Herrn Hempels zugesperrtem Büro. Ungeduldig tritt er nach den lose herumliegenden Kieselsteinen auf dem Bahnsteig und sieht zu, wie sie auf die Gleise und noch weiter schießen. Ein letzter Kieselstein wartet noch darauf, weggeschnalzt zu werden. Gedankenlos lässt er ihn nicht auf die Gleise, sondern auf den Lagerschuppen neben Herrn Hempels Büro fliegen.

Als er dem in hohem Bogen fliegenden Kiesel nachschaut, sieht er, dass das Verhängnis seinen Lauf nimmt, lange bevor die Scheibe splittert. Hat er nun, fragt er sich, mit einer Leichtsinnstat seine Chancen zum Beitritt der HJ verspielt? Er ist versucht, davonzulaufen, bevor Herr Hempel eintrifft, was jede Minute geschehen kann. Doch wenn er gesehen wird, wie er ausbüxt, ist das sicherlich das Ende all seiner Hoffnungen.

Nein! Er muss dableiben. Vielleicht kann er sich herauslügen und behaupten, dass er das Fenster bei seiner Ankunft am Bahnhof schon zerbrochen vorgefunden hat. Doch Lügen geht ihm gegen den Strich und er beschließt, Herrn Hempel die Wahrheit zu sagen, egal, wie verheerend das sein mag.

Er geht auf den Schuppen zu und blickt auf die wenigen Glasscherben, die noch im Fensterrahmen hängen. Sogleich wird sein Blick durch den Rahmen ins Innere gelenkt. Am Boden des Schuppens liegt ein neuer silberner Benzinkanister, als wäre er in großer Eile hingeworfen worden. Instinktiv fährt seine Hand in die Hosentasche und er holt die im Gemeindesaal gefundene Verschlusskappe heraus. Der Kanister sieht selbst aus dieser Entfernung viel passender für den bekritzelten Deckel aus als der rostige alte Behälter im Schuppen von Herrn Matthias. Ist es möglich, dass einer der Bahnarbeiter von Herrn Hempel unter den Verschwörern ist?

Er rüttelt an der Schuppentür und stellt überrascht fest, dass sie nicht verriegelt ist. Er tritt ein, lauscht jedoch auf das leiseste Geräusch vom Bahnsteig. Kein Ton ist zu hören.

Der Kanister riecht stark nach Benzin. Der Deckel passt haargenau. Er betrachtet die eingekratzten Buchstaben, und dann trifft es ihn wie ein Schlag in die Magengrube.

Als er diese Initialen am Gemeindesaal gelesen hat, war er bereits von Herrn Matthias' Schuld überzeugt. Nun schaut er genauer hin. «K», ja, dessen ist er sich immer noch ganz sicher. Doch der andere Buchstabe ist niemals ein «M» gewesen. Jetzt sieht er deutlich, dass es ein schief geratenes, aber eindeutiges «H» ist.

Und er weiß nur zu gut, dass Herr Hempel mit Vorname Kurt heißt.

Kaum waren sie aus Leiningen zurück, eilte Siegfried wieder zu Axel ins Armenhaus. Es kam ihm schrecklich lang vor, seit er vorhin hier war, sicherlich mehr als die fünf Minuten, die Axel versprochen hatte. Axel, der gerade das Blatt aus der Schreibmaschine zog, wunderte sich, wie rasch Siegfried wieder bei ihm war. Siegfried sah auf die Uhr und entriss Axel das Blatt. Vier Minuten vor elf!

«Du hast gesagt, fünf Minuten!»

«Entschuldige, ich habe mich ein wenig hinreißen lassen. Es ist schon so lang her.»

Siegfried war weg, bevor Axel zu Ende gesprochen hatte. Im Grauen Zimmer rief er gleich Dieter und Anna zu, «Gehen wir!», und schon traten sie durch den Torbogen in Herrn Gotts Reich verblichener Pracht.

Der alte Schriftsteller saß an seinem Schreibtisch, den Arm über den Stapel beschriebener Seiten ausgestreckt, sein Kopf war unbequem auf die Armlehne seines Sessels gekippt. Mit Erleichterung sah Siegfried, dass der Autor die Augen geschlossen hatte, wenngleich sein Schlaf unruhig war. Sein müdes Gesicht schien noch älter geworden zu sein. Für Siegfried sah er wie jemand aus, dessen Leben mit jedem beklommenen Atemzug verebbte.

Doch es war unmöglich, Mitleid für den alten Mann zu empfinden. Er hatte buchstäblich einen Pakt mit dem Teufel geschlossen und zahlte nun den Preis dafür. Sobald Axels Seite zum letzten Kapitel hinzugefügt wäre, bliebe es ungewiss, wie hoch der Preis wirklich war. Auf was er sich auch belief, nach Siegfrieds Ansicht war es nicht mehr, als Herr Gott verdient hatte.

Dieter wies auf einige Seiten, die am Schreibtisch auf der anderen Seite der Schreibmaschine lagen, dort wo Herrn Gotts Arm ruhte. Auf dem obersten Blatt war die Überschrift deutlich zu sehen: «Das letzte Abenteuer der Lingenbande – Teil 5.»

Siegfried überflog die letzte Seite und stellte fest, dass das Glück unglaublicherweise wieder auf ihrer Seite war. Der Text endete auf der letzten Zeile des Blattes. Geschickt schob Siegfried Axels Seite unter den Stapel.

In der Ferne schlug eine Kirchturmuhr die volle Stunde und Herrn Gotts Kopf rollte von der Armlehne. Dieter und Anna drückten sich an die Wand, doch für sie bestand keine unmittelbare Gefahr, da beide noch nicht sichtbar waren. Für Siegfried sah es anders aus. Als sich Herr Gott plötzlich aufsetzte, schaute Siegfried sich verzweifelt nach einem Versteck um. Im nächsten Augenblick war er von der Seite des alten Mannes verschwunden und rollte sich unter das große Himmelbett.

Herr Gott rief ängstlich zur Tür hin.

«Wer ist da?»

Ein lautes Klopfen ließ ihn aus seinem Sessel aufschrecken. Obwohl sie wussten, dass dieser Mann Leiningen nur Verderben brachte, konnten Dieter und Anna ihr Gefühl von Mitleid nicht unterdrücken. So ein Gesicht, das zu einer von schierem Entsetzen verzerrten Fratze geworden war, hatten sie noch nie gesehen. Als Herr Gott sich wappnete, um sich seinen Peinigern entgegenzustellen, zog er seine wollene Strickjacke fest um sich, als könnte der fadenscheinige Stoff ein wenig Schutz vor Teufels Schlägen bieten. Aus der offenen Tasche der Jacke fiel, vom verängstigten Mann unbemerkt, ein Brief zu Boden.

Von seinem Versteck unterm Bett aus sah Siegfried, wie Anna die Hand ausstreckte und den Brief aufhob, während Herr Gott strauchelnd zur Tür eilte.

«Tut mir Leid, dass Sie haben warten müssen, Herr Hauptsturmführer. Es sind meine alten Beine, wissen Sie, die tun's nicht mehr so.»

Die klare Luft splitterte schon wie Eisbrocken, als Teufel das Zimmer betrat. Die spiegelblanken schwarzen Stiefel traten näher. Herrn Gotts zerfranste Pantoffeln waren auf dem Rückzug. Der Sessel am Schreibtisch wurde zurückgezogen und die übergeschlagenen Beine von Herrn Teufel kamen Siegfried in den Blick. Die Stimme des Hauptsturmführers hatte den bitteren Beiklang unterdrückter Wut.

«Axel Hoffen ist letzten Abend ausgebrochen.»

«Axel? Hoffen? Sollte ich den kennen?»

«Das kriecherische Geschöpf, das die Bücher über die Lingenbande schrieb, Sie Idiot. Der dämliche Axel Hoffen.»

Herr Gott stolperte rückwärts aufs Bett zu. Seine Füße waren nur noch Zentimeter von Siegfrieds Kopf entfernt.

«Was bedeutet das ... für mich ... für dieses Buch?»

«Sie werden das Buch abschließen. Ich lasse mich vor meinen Vorgesetzten nicht zum Narren machen.»

«Aber ohne Hoffen ...»

«Hoffen hin oder her, ich *will* diesen Schund gedruckt sehen. Diese Sache, dass Hoffen die Schulen und so bereist, die können wir fallen lassen. Nein, ich habe vor, ihn bei der erstbesten Gelegenheit zu beseitigen. Tatsächlich habe ich schon seinen Nachruf für den *Völkischen Beobachter*, unsere Zeitung, geschrieben. Alles eigentlich recht traurig, ein schrecklicher Autounfall, wissen Sie. Doch glücklicherweise wird dieses Manuskript in seinem Besitz gefunden werden. *Das letzte Abenteuer der Lingenbande.* Hoffens Ansehen wird wiederhergestellt werden. Sehen Sie denn nicht, wie das einschlagen wird? Jedes Kind im Land wird es lesen wollen. Es gibt nichts Besseres als einen frühen Tod, um jemanden zum Helden zu machen ... selbst bei einem Stück Dreck wie Hoffen.»

«Und wenn er es schafft, das Deutsche Reich zu verlassen?»

«Das wird er nicht. Wir haben unsere Spione überall. Es ist nur eine Frage der Zeit. Nun schauen wir mal, ob Sie meinen Rat befolgt haben.»

Siegfried wartete auf den zwangsläufig bevorstehenden Wutausbruch. Ein Satz hallte in seinem Hirn nach. «Wir haben unsere Spione überall.» Selbst unter diesen heruntergekommenen Insassen des Armenhauses? Axel würde von dort weggehen und weiterziehen müssen, bis er die Grenze dieses Landes erreichte, das in der Verehrung seines Führers Adolf Hitler aufging.

«Was zur Hölle ... Was soll das bedeuten?»

«Was soll was bedeuten?»

«Das Ende des Kapitels, Sie Lump, dieses ganze Zeug mit Hempel?»

Teufel schleuderte die Seiten auf Herrn Gott und sie fielen direkt vor Siegfrieds Augen. Ein Blatt flatterte nach innen und blieb auf seiner Hand liegen. Axels Seite. Er zog sich zurück, als Herrn Gotts zitternde Hände nach unten griffen, um die Seiten einzusammeln. Siegfrieds Herz schien nicht mehr zu klopfen, als er Axels Seite in Reichweite der schmierigen Finger schob. Der alte Mann hob sie auf und in wenigen Sekunden waren die anderen Seiten wieder heruntergefallen.

«Das... das habe ich nicht ...»

«Was haben Sie nicht?»

«Ich ... ich habe es nicht ...»

Teufel sprang auf die Beine und rückte dem alten Mann zu Leibe.

«Sind Sie wohl komplett übergeschnappt? Von allen Schreiberlingen, die ich hätte haben können, musste ich mir ausgerechnet einen vertrottelten alten Narren aussuchen. Herr Hempel, das Gemeindeoberhaupt, das Symbol für alles Rechte im Nationalsozialismus, ist jetzt der Schurke im Stück, stimmt das?»

«Nein, nein, so ist es nicht. Hören Sie ... das, müssen Sie wissen ... ist bloß ... eine kleine Wendung in der Geschichte, um den Leser bei der Stange zu halten, wissen Sie.»

«Eine Wendung?»

Siegfried konnte beinahe hören, wie Herrn Gotts altes Gehirn nach einem Ausweg aus dieser Falle suchte.

«Ja, eine Wendung. Wissen Sie, junge Leser, eigentlich alle Leser, haben es gern, wenn etwas Unerwartetes eintritt, weil ... weil eine Geschichte sonst abgeschmackt wirkt. Doch Sie werden im nächsten Kapitel entdecken, dass ... dass Herr Hempel wirklich ein aufrechter Deutscher ist ... dass er an der Nase herumgeführt worden ist von ... von diesem Juden Matthias, dem wahren Übeltäter.»

Teufel gab nicht gleich eine Antwort. Er schritt in der nun schon bekannten Weise durchs Zimmer. Siegfried wartete auf die Entscheidung des Hauptsturmführers. Was er auch sonst war, Gott war kein vertrottelter alter Narr. Er hatte seinen Kopf geschickt aus der Schlinge gezogen. Wenn er mit der Wahrheit herausgeplatzt wäre – dass er das Kapitelende nicht geschrieben hatte –, hätte Teufel sicherlich angenommen, dass der alte Mann verrückt war.

«Die muss dann aber hinhauen, diese Wendung von Ihnen. Ich hatte schon daran gedacht, das Verfassen dieses Buchs einem anderen begierigen Lohnschreiber zu übergeben, doch ich habe meine Absicht geändert.»

«Ich danke Ihnen, Herr Haupt...»

«Maul halten. Ich habe meine Absicht nicht geändert, weil Sie keinen Pfifferling wert sind. Dieses Buch steht mir schon bis hier. Wenn Sie es nicht zufrieden stellend beenden können, dann wird es nicht fertig gestellt werden.»

Im anschließenden Schweigen spürte Siegfried, dass Teufel es sich mit der ganzen Sache schon anders überlegte.

«Tatsächlich frage ich mich allmählich, ob meine Vorgesetzten nicht genauso erfreut wären, zwei Leichen statt eines lumpigen Buchs zu bekommen. Besonders wenn diese beiden Leichen die von miserablen Schriftstellern sind.»

Herr Gott fiel auf die Knie.

«Bitte, Herr Hauptsturmführer, geben Sie mir eine letzte Chance. Ich brauche das Geld.»

«Wir alle brauchen Geld, Gott.»

«Aber ich will dieses Buch für den Führer schreiben. Sie haben meine Worte doch gelesen. Habe ich ihn nicht bei jeder erdenklichen Möglichkeit gelobt? Meinen Sie etwa, ich könnte mir eine solche Verehrung ausdenken? Wie können Sie mich daran hindern, meine Pflicht gegenüber Adolf Hitler zu erfüllen? Ein Mann wie Sie, der dem größten Führer aller Zeiten Gefolgschaft bis in den Tod geschworen hat?»

Teufel betrachtete den knieenden Mann und seufzte ungehalten.

«Also gut, Gott. Eine letzte Chance. Doch wenn Sie versagen, werden Sie es bedauern, mich jemals kennen gelernt zu haben.»

Er schwang auf den Hacken herum, brachte ein knappes «Heil Hitler» heraus, das Herr Gott eifrig erwiderte, und ging.

Siegfrieds Plan war gescheitert. Das Buch war nicht aufgegeben worden; denn schon schwankte Herr Gott zur Schreibmaschine hinüber, um sich und Herrn Hempel aus der Falle zu schreiben, die Axel ihnen gestellt hatte. Der alte Mann musste aufgehalten werden, egal, was es kostete.

Egal, was es kostete. Siegfried gefror das Blut in den Adern. War er bereit, so weit wie Teufel zu gehen, vielleicht noch weiter, um Herrn Gott von der Schreibmaschine fern zu halten? Siegfried weigerte sich, diese Frage zu beantworten. Weigerte sich, auf seine eigenen Einwände zu hören. Doch gleichzeitig wusste er, dass dies ganz genau das war, was ihn zu einem von «denen» machte, einem der braun oder schwarz Uniformierten, die er so verachtete.

Als Siegfried aus seinem Versteck kam, saß Herr Gott bereits am Schreibtisch und zog ein Blatt in die Schreibmaschine.

«Tun Sie das nicht. Bitte hören Sie mir zu, Herr Gott.»

Der alte Mann, von einem krampfartigen Zucken geschüttelt, spähte in den schlecht beleuchteten Raum hinter ihm und japste.

«Wer sind Sie? Wie sind Sie hier hereingekommen?»

«Sie wissen, wer ich bin.»

Anna winkte neben dem Schreibtisch Siegfried zu. Er achtete nicht auf sie.

«Nein, das weiß ich nicht. Ich rufe die Wache, ich werde … ich werde die Wache rufen», schrie Herr Gott.

«Und was wollen Sie ihr sagen? Dass Sie den Geist von Siegfried Engel gesehen haben – einem Burschen in einem Buch?»

Herr Gott wandte sich wieder zu seinem Schreibtisch und hielt sich die Ohren zu. Siegfried sprang ihm entgegen und packte die Hände des alten Mannes.

«Hören Sie mir zu. Sie wissen, dass Sie was Falsches tun. Und wenn Sie damit nicht aufhören, dann werde ich … dann werde ich Sie umbringen!»

Herr Gott fiel zu Boden und vergrub seinen Kopf unter den Armen. Siegfrieds zornerfüllte Augen schweiften auf der Suche nach einer Waffe über den Schreibtisch und blieben an einem scharfen, zehn Zentimeter langen Brieföffner in Gestalt eines orientalischen Dolches hängen. Er wollte nach dem kalten Griff fassen.

Plötzlich spürte er Annas Hand. Mit der anderen hielt sie ihm den Brief, den Herr Gott vorhin verloren hatte, vor die Nase.

«Lies das mal.»

Er versuchte, ihrem Blick auszuweichen, um den Hass in seinem eigenen nicht zu verlieren. Sie aber beharrte darauf.

«Lies schon!»

Er nahm den Brief. Es fiel ihm schwer, sich auf die zittrige Handschrift des alten Schriftstellers einen Reim zu machen.

«Geliebte Tochter Romi», fing der Brief an. «Ich hoffe, diese Nachricht erreicht dich bei guter Gesundheit. Mach dir um mich keine Sorgen, denn ich war in meinem Leben noch nie so gesund. Jeden Abend spaziere ich Unter den Linden und treffe meine alten Freunde im Café Kranzler. Kein Wein, wohlgemerkt, nur guter südamerikanischer Kaffee. Und was noch besser ist, ich habe endlich einen Weg gefunden, das Geld zu beschaffen, um dir und Chaim zur Flucht aus diesem betrüblichen Land zu verhelfen.

Einer meiner alten Freunde, weißt du, hat mich gebeten, ein bisschen unter fremder Feder zu schreiben. Ganz einfach ausgedrückt heißt das, eine ‹Autobiografie› für einen Filmschauspieler abzufassen (dessen Namen ich dir jetzt nicht verraten kann, wie du verstehen wirst). Es ist nämlich so, dass dieser Kerl nicht viel unterm Schädel hat und nicht mal seinen Namen schreiben könnte. Also erledige ich die Arbeit, und wenn sie fertig ist, wird er so tun, als hätte er sie geschrieben, und ich werde einen dicken Scheck einstecken – genug, um uns alle in Sicherheit zu bringen.

Ich kann dir gar nicht sagen, wie ich den Schmerz bedauere, den ich dir zugefügt habe, seit du Chaim geheiratet hast. Habe ich in ihm einen liebevollen und gütigen Mann gesehen? Habe ich den Arzt gesehen, der für die Armen tätig ist? Nein, ich blickte Chaim an und sah nur einen Juden. Ich weiß, wie sehr es dich verletzt haben muss – und deine arme verstorbene Mutter –, als ich mich sogar weigerte, deine Kinder zu sehen. Ich bin töricht und grausam gewesen und verdiene deine Liebe nicht. Vielleicht kann ich nun ein wenig von dem angerichteten Schaden wieder gut machen.

Ich bitte dich, dieses Geld anzunehmen, wenn es eintrifft, was ich feierlich verspreche. Diesmal werde ich dich, meine Tochter, nicht im Stich lassen. Ich werde dir das Geld schicken, und wenn es das Letzte ist, was ich tue.

Dein unwürdiger Vater,

Hans.»

Siegfried bückte sich und versuchte, den alten Mann aus seiner kauernden Stellung zu heben. Herr Gott wehrte sich störrisch.

«Gehen Sie weg. Verschwinden Sie einfach.»

«Wir werden das Geld für Romi auf andere Weise beschaffen», beschwor Siegfried ihn – wenn er auch noch keine Ahnung hatte, wie und wo. «Nur schreiben Sie nicht dieses schreckliche Buch.»

Der alte Mann schob Siegfried beiseite. Siegfried war so verdutzt, dass er zurücktaumelte. Bis er sich wieder gefangen hatte, war es zu spät, um Herrn Gott davon abzuhalten, an die Tasten der Schreibmaschine zu kommen. Weder Dieter noch Anna verfügten bereits über die Kraft, einzuschreiten.

«Ihr hättet mich ihn lieber umbringen lassen sollen.» Das waren die letzten Worte, die Siegfried noch im Bewusstsein hatte, bevor die Leininger Sonne erneut an seinem Denkhorizont aufleuchtete.

Das letzte Abenteuer der Lingenbande

Teil 6

«Denk nach!», sagt sich Siegfried. «Denk scharf nach!»

Es muss eine Erklärung dafür geben. Es ergibt keinen Sinn, rein gar keinen, wenn Herr Hempel den Gemeindesaal oder die Burg eingeäschert oder die Schule in Brand zu setzen versucht hätte. Es kann nur ... es kann nur sein ... Ja! Ein Komplott! Ein zynisches Komplott von Herrn Matthias, damit das Dorf Herrn Hempels großartige Führerschaft anzweifeln soll. Das muss es sein, denkt er, das muss es sein. Was sich diese Leute alles einfallen lassen, um den Dorffrieden zu stören!

Er untersucht die eingeritzten Buchstaben an der Unterseite des Benzinkanisterdeckels. Das «K» ist sicher. Doch ein «M»? Oder ein «H»? Und jetzt dämmert es ihm. Er lacht laut über seine eigene Dummheit und seinen lächerlichen Trugschluss. Das ist kein achtlos eingeritztes «H», sondern ein himmelschreiender, plumper Versuch, den Buchstaben «M» zu ändern. Und wer würde das tun wollen außer dem Träger dieses Anfangsbuchstabens – Matthias!

Die durch die offene Tür hereinscheinende Sonne wärmt ihm den Rücken, aber auch in seinem Innern verspürt er eine ähnlich warme Glut der Erleichterung. Plötzlich fällt ein Schatten auf ihn. Er steht langsam auf und wendet sich zur Tür.

«Dem Himmel sei Dank, dass Sie es sind!»

«Wen hast du denn erwartet?», fragt Herr Hempel ungerührt. «Möchtest du mir sagen, was hier vorgeht?»

«Das werde ich, Herr Hempel. Das mit dem Fenster tut mir Leid, aber Sie werden froh sein, dass ... dass ich es eingeschmissen habe, wenn Sie mir zuhören.»

Siegfried hat diesmal Recht. Herr Hempel ist mehr als froh, von dieser Entdeckung zu hören.

«Ja, ganz wie ich es mir gedacht habe», nickt er weise. «Matthias bekommt es allmählich mit der Angst zu tun. Die Schlinge zieht sich um seinen Hals zu und das gefällt ihm nicht, ganz und gar nicht. Überlass das mir, Siegfried. Diesen Matthias haben wir bald in den Fingern, dann können wir mit ihm nach Belieben verfahren.»

«Kann ich nicht irgendwas dazu beitragen?»

Herr Hempel wiegt den Verschlussdeckel in seiner Hand und Siegfried nimmt wahr, dass er angestrengt, aber kühl nachdenkt.

«Vielleicht ja», sagt ihm der Bahnhofsvorsteher. «Ja, ich glaube, es geht. Mir kommt es so vor, dass entweder Anna oder Dieter oder gar beide, eigentlich fast sicher beide, an dieser Verschwörung beteiligt sind. Ich glaube, du vermutest das auch.»

Siegfried muss ihm beipflichten. Er hat es von Anfang an im Hinterkopf gehabt. Wenn er im Geiste noch Zweifel hatte, so werden sie bald durch Herrn Hempels scharfsinnigen Spürsinn ausgeräumt.

«Du warst sicher, dass dieser Buchstabe ein M war, bevor du die Kappe in die Kleinkramschachtel gelegt hast, stimmt's?»

«Ja.»

«Und als sie dir wieder in die Finger kam – und erst dann –, bist du unsicher geworden?»

«Das stimmt.»

«Und wer, sagen wir einmal, ‹fand› die Kappe auf dem Heuboden deines Vaters?»

«Dieter!», ruft Siegfried aus. «Das heißt …»

Herr Hempel lächelt geduldig, als Siegfried über die Wahrheit stolpert.

«Das heißt, Dieter hat entweder den Buchstaben geändert oder es war jemand anderer und Dieter erhielt die Aufgabe, mir das Stück wieder zuzuspielen.»

«Der Krüppel ist das schwache Glied in ihrem Plan, Siegfried. Wenn mein Instinkt mich nicht trügt, wird er auf Herrn Matthias deuten – ohne ihn vielleicht direkt zu nennen. Wenn du ihn dazu bringen kannst, es auszuplaudern, werde ich den Rest erledigen.»

«Ich mache mich noch in dieser Minute auf, Herr Hempel», verspricht Siegfried aufrichtig.

«Ich habe mit deinem Vater über den Knaben gesprochen. Wenn diese Angelegenheit geklärt ist, werde ich ihn in ein Heim für gemeingefährliche Verrückte schicken. Zumindest wird er dort nicht von Leuten wie Herrn Matthias ausgenutzt werden. Nun habe ich etwas, das du unterschreiben sollst.» Der Bahnhofsvorsteher fischt einen braunen Umschlag aus der Brusttasche und öffnet ihn.

Die Beitrittserklärung zur Hitlerjugend! Siegfried platzt schier vor Stolz und schreibt seinen heldenhaften Namen in bester gestochener Schrift hin, was bei seiner gewaltigen Erregung nicht leicht ist. Herr Hempel steckt die Erklärung ein und reicht Siegfried die Hand.

«Willkommen bei der Jugendarmee des Führers», sagt er. «Heute Abend um acht sollst du dein Gelübde ablegen.»

Siegfried weiß gar nicht, was er erwidern soll. Er ist von seinen Gefühlen so überwältigt, dass ihm die Stimme versagt.

«Du brauchst nichts zu sagen. Dein Gesicht drückt schon alles aus», versichert ihm Herr Hempel. «Jetzt geh und rede mit Dieter – und auch mit Anna. Sieh es als deine erste Aufgabe für die HJ an. Und denk dran, die Zeit für sanfte Überredung ist vorbei.»

Siegfried hat Dieter noch nie geschlagen. Es hat Zeiten gegeben, da war ihm schon sehr danach. Er hat sich immer zurückgehalten, trotz all der Vorhaben, die der Krüppel über den Haufen geschmissen hat, trotz all der Abenteuer, die wegen seiner schieren Dummheit beinahe in einer Katastrophe endeten. Aber das ist kein bloßes Abenteuer mehr und Dieters Weigerung, auf Siegfrieds Frage zu antworten, hat nichts mit Dummheit zu tun.

«Bi-bi-bitte, Siggi … Siegfried. Schlag mi-mi-mich nicht wieder.»

«Antworte mir! Diese Verbrecher haben dich nicht richtig zusammengeschlagen, nicht wahr? Nein! Du bist auf dem Rückweg über die Felder hingefallen, wie es dir immer passiert, nicht wahr?»

Er schlägt wieder zu. Dabei merkt er, dass es leichter fällt, so ein Verhör zu führen, sobald er sein schwachsinniges Mitgefühl für diejenigen überwunden hat, die keine Gnade verdienen. Er fühlt sich stark, stolz, dass seine kindische Weichherzigkeit verschwunden ist.

Dieter gibt nach. Er nickt. Ja, er sei nur gestürzt, nicht verprügelt worden.

«Und du weißt, wer sie sind, nicht wahr?»

«Sie ha-ha-hatten Kapuzen auf. Das ha-ha-habe ich dir gesagt, Si...»

«Einer von ihnen hat einen Bart, Dieter», brüllt Siegfried. «Habe ich Recht?»

Dieter taumelt rückwärts auf den Graben zu, wo der Lingerbach gemächlich vorbeifließt.

«Vielleicht ha-ha-habe ich einen Ba-ba-bart unten aus der Haube herausschauen sehen», winselt er.

Genau wie Herr Hempel vorhersagte, hat Dieter so gut wie zugegeben, dass es Herr Matthias war. Dieters Aussage kommt Siegfrieds Erwartungen von einem Geständnis schon sehr nahe. Er hat sich von dem Krüppel schon genug verzagtes Gestammel gefallen lassen. Er versetzt dem in einer zerlumpten Hose steckenden Hintern Dieters einen Fußtritt, sodass dieser hilflos in den seichten Bachlauf fällt.

«Herr Hempel wird die Wahrheit schon aus dir herausbringen – bevor er dich dorthin schickt, wo du hingehörst.»

«Ich we-we-werde ertrinken. Hilf mir! Hilf mir!»

Siegfried lacht und geht davon. Selbst eine Ratte, sagt er sich zynisch, kann in fünf Zentimeter tiefem Wasser nicht ertrinken.

Sein Gespräch mit Anna ist so kurz und fruchtlos, wie er es erwartet hat. Das macht ihm nichts aus. Ihre Schuld ist für ihn so klar wie das Wasser im Lingerbach – wenn auch nicht so sauber.

«Du weißt, was dein Vater ausgeheckt hat», sagt er brüsk.

Anna versucht es bei ihm mit ihrem widerlich süßen Lächeln. Das fruchtet nicht.

«Du wohnst im selben Haus», fährt er fort. «Wenn du nicht blind oder strohdumm bist, musst du es wissen.»

Sie presst eine dicke Träne aus dem Augenwinkel, die ihr die Wange herabkullert. Auch diese Finte fruchtet nicht.

«Ich habe dir jede denkbare Chance geboten», schließt er. «Jetzt aber, du Judensau, ist das Spiel aus; das kannst du deinem geisteskranken Vater sagen.»

Es lässt ihn ungerührt, als sie davonläuft und ihn laut mit Ausdrücken beschimpft, die ein anständiges Mädel nicht einmal wissen dürfte. Diese Gelassenheit bleibt ihm den ganzen Nachmittag bis zum Abend. Dann, eine Stunde vor seinem ersten HJ-Treffen, wird sie von einem wahrhaften Sturm der Verwunderung und Aufregung beiseite gefegt. Der Grund dieses Umschwungs ist das unerwartete Geschenk seiner Eltern für ihn, das sein jüngerer Bruder Max ihm verschämt präsentiert.

«Was ist das?», fragt Siegfried, als der kleine blonde Knabe das braun eingeschlagene Päckchen hochhält. Es erinnert ihn an das, welches Herr Hempel seinem Vater gebracht hat.

Er reißt das Päckchen auf. Es ist eigentlich nicht die Zeit, sich wie ein Kind zu benehmen, aber er könnte vor Freude und Dankbarkeit weinen. Eine HJ-Uniform! Das hellbraune Hemd, der fesche Ledergürtel. Und da, die Krawatte und die messerscharf gebügelte Hose.

«Ihr sollt stolz auf mich sein», bringt er heraus. «Ich werde es schaffen, dass ihr stolz auf mich seid.»

«Das sind wir schon immer gewesen», sagt sein Vater, während seine Mutter sich eine Träne vom Auge tupft. «Und das werden wir auch immer sein.»

Siegfrieds Eintritt in die ruhmreichen Reihen der Hitlerjugend gestaltet sich so, wie er es sich vorgestellt hat, eigentlich sogar noch schöner. Wie ein Traumwandler betritt er die große Halle voller uniformierter Burschen. Sie lauschen Hans Stiefel, einem Klassenkameraden Siegfrieds, der aus einer alten germanischen Göttersage vorliest. Es ist die Geschichte – und das geschieht zu Ehren des neuen Mitglieds – vom mythischen Kämpfer Siegfried, dem Drachentöter und gnadenlosen Verfolger des Bösen in jeglicher Gestalt.

Als Hans mit dem Vorlesen fertig ist, wird der Volksempfänger eingeschaltet und sie lauschen ehrfürchtig der Stimme Adolf Hitlers. Siegfrieds Verwunderung ist umso größer, da dies das erste Mal ist, dass er diesen Meister der Redekunst überhaupt hört.

Nach dem Ende der Sendung stimmt die ganze Schar das Horst-

Wessel-Lied an. Horst Wessel war ein früher Mitstreiter Adolf Hitlers im Kampf um die Wiedererlangung von Deutschlands Größe. Er erlebte aber die Machtergreifung des Führers nicht mehr, doch sein Geist wirkt in diesem traurigen, aber sehr erhebenden Lied fort. Als Siegfried sich die in knalligem Rot an die Wände gemalten Parolen ansieht, weiß er, dass auch er fähig ist, das größte Opfer für sein Volk, sein Reich und seinen Führer zu bringen.

«DURCH DIE PFORTE DES TODES KOMMEN WIR ZUR TÜR DES LEBENS», lautet ein Spruch.

«WIR SIND GEBOREN, UM FÜR DEUTSCHLAND ZU STERBEN», verkündet ein anderer.

Der Augenblick, auf den er gewartet hat, ist nun gekommen. Ein langer schwarzer Vorhang am hinteren Ende des Saales wird von zwei Hitlerjungen zurückgezogen. Siegfried wird rituell von Hans Stiefel aufgerufen. Er steht auf, verlässt die auf dem Boden sitzende Jungschar und geht auf das innere Heiligtum zu.

Dort sind die Wände mit schwarzem Tuch verhangen, auf dem das HJ-Wappen prangt. Von Ketten an der Decke hängen blutrote Hakenkreuze. Brennende Kerzen umgeben einen hohen altarähnlichen Tisch. Hier liegt ein Kranz mit roten und schwarzen Bändern, ein von Kugeln eingedellter Stahlhelm und das Foto eines HJ-Führers, der wie Horst Wessel für ein rassereines Deutschland gestorben ist.

Siegfried fällt auf die Knie. Sein Gesicht ist von Ehrfurcht verklärt. Die Zeremonie beginnt.

Tod eines Schriftstellers

Siegfrieds erster Gedanke, als er ins Graue Zimmer zurückkehrte, war noch der gleiche wie zu der Zeit, als er es verlassen hatte. «Sie hätten mich ihn umbringen lassen sollen.» Er konnte es immer noch tun, genauso wie er Dieter in der Geschichte geschlagen hatte – außer dass er Herrn Gott nicht nur einen Tritt in den Allerwertesten verpassen würde. Gewalt strömte durch seine Adern. Wenn Anna nach dem Aufwachen ihn nicht auf derart verblüffte Weise angegafft hätte, wäre er auf der Stelle hingegangen und hätte den alten Schriftsteller erledigt.

«Was glotzt du so?»

«Diesen Blick habe ich schon gesehen», meinte Anna.

«Ich weiß nicht, wovon du redest», fuhr er sie an. «Und du genauso wenig.»

«Gerade eben, als du mich im Buch eine Judensau genannt hast, da hast du so geschaut.»

«Das waren nicht *meine* Worte, das weißt du. Wenn ich jetzt schon für die Worte angeklagt werde, die Gott mir in den Mund legt, dann ist es sicher recht, ihn umzubringen – bevor er mich vernichtet.»

Dieter wachte mit einem schläfrigen Grinsen im Gesicht auf.

«Was soll der ganze Lärm? Unsereiner kann hier nicht mal ein Nickerchen machen.»

«Du hältst dein Maul!»

Darauf schien Siegfried in sich zusammenzufallen. Er sackte gegen die Wand und glitt auf den schmutzigen Boden, wo er den Kopf in Angst und Scham neigte.

«Was geschieht mit mir? Ich wollte gar nicht sagen …»

Dieter und Anna waren auch in Angst. Eine Stille ganz wie die ihres langen Winterschlafs verbreitete sich im Grauen Zimmer.

Sie hätten so leblos sein können, wie es Greta immer noch war. In den Gedanken aller machte sich dieselbe schreckliche Wahrheit breit. Das wirkliche Leben war zu schwierig. Es war so viel einfacher, eine Figur in einem Buch zu sein. Wenn die Geschichte Pause macht, kann die Figur ausruhen und braucht sich keine Sorgen zu machen. Und wenn das Buch endet, kann sie sich über Monate, vielleicht Jahre, einem Schlaf ohne Albträume überlassen – wenn sie Glück hatte, sogar für alle Ewigkeit.

«Das Buch muss enden», dachten sie einmütig. «Alle Bücher müssen enden, damit wir für immer schlafen können.»

Dann wachte auf einmal Greta auf.

Alle drei waren wie elektrisiert. Eine neue Energie, eine, die Augenblicke zuvor noch unmöglich erschienen war, pulsierte durch sie. Greta wollte alles erfahren, und zwar augenblicklich. Durch die Erzählung wurde die Geschichte dieser letzten paar Tage ein Abenteuer für sich. Als sie ans Ende gelangt waren oder eher bis zum jetzigen Stand gekommen waren, wich ihre frühere Hoffnungslosigkeit und Verzweiflung einer neuen Zielstrebigkeit.

Greta, deren eisig hochmütiger Blick von ihrem Gesicht verschwunden war, fasste die Lage gemäß ihrer Auffassung zusammen.

«Somit haben wir zwei Dinge zu tun. Wir müssen das Geld für Herrn Gotts Tochter Romi auftreiben. Und wir müssen Axel verständigen, dass er weiterzieht, bevor Teufels Spione ihn ausfindig gemacht haben.»

«Aber wir müssen Gott auch dazu überreden, das Geld anzunehmen», fügte Anna hinzu. «Und wir müssen ihn überzeugen, dass wir ihm dabei helfen können, Teufel zu entwischen.»

«Das ergibt schon vier Aufgaben», warf Dieter ein. «Hat jemand noch mehr?»

Sie sahen ihn an und fragten sich, ob er ihre neu geschöpfte Hoffnung auf die Probe stellen wollte. Doch Dieter lächelte.

«War nur ein Scherz. Packen wir's an. Schaffen wir Axel aus diesem Armenhaus. Dieser Ort hat etwas, das mir nicht gefällt.»

Und so begaben sie sich zu dem rauchigen Schlafsaal, um ihren wahren Schöpfer zu finden. Axel hatte nicht schlafen können. Er saß mit angezogenen Knien auf der harten Pritsche. Neben ihm lag ein weiteres Gedicht, auf dasselbe grobe braune Papier geschrieben wie die anderen vier, die er seit seiner Flucht aus der Gefängniszelle verfasst hatte. Dieses letzte, «Engel ohne Flügel», schien für ihn den Zyklus zu beenden. Bald würden ihm noch bessere gelingen. Und Geschichten für die Jungen, die Alten, für alle. Er hatte noch nie so viel Glück oder Zuversicht für seine Zukunft empfunden.

Diese Verse, entschied er, sollten *Gefängnisgedichte* heißen. Er freute sich mit der kindlichen Ungeduld eines Schriftstellers, sie eines Tages gedruckt zu sehen. Es tat so gut, wieder Optimismus zu empfinden, dass ihm momentan nichts Sorgen machte. Auch nicht die Tatsache, dass für ihn ganz Deutschland ein Gefängnis war, denn schließlich würde er bald weit weg sein. Ihn besorgte auch nicht die Möglichkeit, dass Siegfrieds List versagt haben könnte, denn er war sich sicher, dass ihm zusammen mit der Bande schon etwas einfallen würde.

Sie standen schon bei ihm, bevor ihm ihre Anwesenheit bewusst wurde. Er war gar nicht überrascht, Annas schwarzes Haar und ihr dunkel getöntes Gesicht neben Siegfried zu sehen.

Genauso wenig war er überrascht, eine vierte Stimme zu hören, die von Greta. Er war lediglich erleichtert, dass auch sie lebendig geworden war. Als er jedoch Siegfried etwas deutlicher unter den Schatten sehen konnte, ahnte er schon, dass mit dem Plan nicht alles glatt gegangen war.

«Es hat nicht geklappt?»

«Ich fürchte, nein. Doch zumindest wissen wir jetzt, dass Herr Gott dies nicht schreibt, weil er wirklich dran glaubt.»

Siegfried erläuterte daraufhin, dass sie den Brief gefunden hatten und nun dringend Geld für Gotts Tochter Romi brauchten. Während seiner Ausführungen drehte sich ein alter, graubärtiger Mann auf seinem unbequemen Bett im hinteren Teil des Raums von einer Seite zur anderen.

«Wir sollten hier nicht reden», flüsterte Dieter. «Ist das nicht derselbe Kerl, der sich auch das letzte Mal gerührt hat?»

«Achtet nicht auf ihn. Der arme Bursche wälzt sich jede Nacht herum. Am Morgen berichtet er mir von seinen Albträumen.»

«Du hast ihm aber nicht gesagt, wer du bist, oder?», wollte Anna wissen.

«Natürlich nicht.»

«Du musst diesen Ort verlassen», sagte ihm Siegfried. «Teufel hat in jeder Stadt und jedem Dorf Spione. Das haben wir aus seinem Mund gehört.»

«Ich hatte sowieso vor, heute Nacht abzuhauen. Ich möchte zur polnischen Grenze und weiter nach Warschau. Dort ist ein mir bekannter Verleger, dem ich die neuen Gedichte von mir zeigen will. Ich habe ihretwegen ein so gutes Gefühl ... das ganze Leben kommt mir so schön vor.»

Trotz ihrer eigenen ungewissen Lage freuten sie sich für ihn – und keiner mehr als Siegfried, der gesehen hatte, wie Axel im Mansardenzimmer aus den Tiefen der Verzweiflung aufgetaucht war. Axel hatte in seiner Dankbarkeit das Dilemma der Lingenbande nicht vergessen.

«Manchmal», sagte er geheimnisvoll, «ist Stehlen nur das Zurückholen von dem, was einem sowieso rechtmäßig gehört.»

«Was meinst du damit?», fragte die unsichtbare Greta.

«Als meine Bücher das erste Mal verboten wurden, wusste ich schon, dass ich Deutschland verlassen muss. Also bin ich zu meiner Bank, um das dort eingezahlte Geld abzuheben. Kein Vermögen, aber auch keine zu verachtende Summe. Sie weigerten sich, mir etwas auszuzahlen, meinten, die Behörden würden meine Verhältnisse überprüfen oder eine ähnliche Ausrede. Zehntausend Mark sollten ausreichend sein für Herrn Gott, oder?»

Dieter lachte bei der Aussicht beinahe laut auf.

«Schlägst du uns einen Bankraub vor?»

«Nein. Es ist viel einfacher. Hört her, ich bin dem Bankbeamten gefolgt, der mir nichts rausrücken wollte – Herr Gier –, bin ihm bis zu seiner Wohnung in der Richthofenstraße 27 gefolgt. Während ich auf ihn einredete, sah ich ein Bündel Geldscheine auf seinem Tisch. Mehr Geld, als ein einfacher Schalterbeamter haben sollte. Ich bin sicher, es war mein Geld.»

«Aber was ist, wenn Herr Gott es nicht annimmt?», wandte Anna ein.

«Darüber machen wir uns Sorgen, wenn es so weit ist», erwiderte Greta.

Siegfried hatte eine andere Antwort auf Annas Frage, aber er verkündete sie nicht laut. Wenn Herr Gott die Zusammenarbeit verweigerte, würde er ihn umbringen müssen. Soweit er sehen konnte, gab es keinen anderen Weg. Schließlich stünde dann ihr Leben gegen seines.

«Du solltest jetzt lieber aufbrechen, Axel», sagte er im Bemühen, diese unausweichliche Tatsache in seinen Hinterkopf zu verbannen.

Axel faltete seine groben Blätter zusammen und stopfte sie in die Innentasche der Jacke, die ihm die Mönche überlassen hatten. Die Jacke saß äußerst eng und als er sie ganz zugeknöpft hatte, grinste er breit.

«Ich sehe aus wie Charlie Chaplin!»

Bei ihrem ersten Abenteuer war die Bande in einer nahe gelegenen Stadt ins Kino gegangen und hatte einen Chaplin-Film gesehen. Sie dachten noch immer mit wehmütiger Freude an diese Begebenheit. Es war nicht alles schlecht gewesen in Leiningen, zumindest nicht in den früheren Geschichten.

Dieter jedoch munterte sie bald wieder auf.

«Du bist witzig, Axel, aber nicht zu witzig. Vielleicht solltest du bei der Schriftstellerei bleiben.»

«Das werde ich», sagte Axel mit heftigem Nachdruck. «Das werde ich wirklich. Und das habe ich alles eurem Haufen zu verdanken.»

Axel hatte sonst nichts auf der Welt als die gebrauchten Kleider, in denen er steckte. Doch mit den Gedichten nahe an seinem Herzen verwahrt, hatte er alles. Sie sahen ihm nach, wie er leichtfüßig vom Schlafsaal in die ihm fröhlich winkende Zukunft tänzelte, und machten sich dann auch auf den Weg. Siegfried fiel hinter die anderen zurück, ganz vereinnahmt von der schrecklichen Wahl, vor der er bald stehen würde.

Ein einzelner Schuss riss ihn aus seiner Grübelei. Er rannte durch die Bettreihen bis dahin, wo der Schuss noch nachhallte. Als er vorbeiraste, lächelte der bärtige Mann – der gar nicht alt war, sondern, um alt auszusehen, den Bart nur gepudert hatte – unter seiner Pferdedecke und rollte die dreißig Mark Belohnung in seinen schmutzigen Händen zusammen.

Siegfried hastete die Treppe vor dem Schlafsaal hinunter und gelangte in eine Art Empfangshalle. An der offenen Tür lag Axel Hoffen; er war tot.

Siegfried kniete sich über seinen Schöpfer, schüttelte ihn, bat ihn zu sprechen, flehte ihn an, nicht zu sterben, doch es war zu spät. Nicht weit entfernt hörte er dumpfe Schritte in der Dunkelheit und das Entsichern einer Waffe zu einem weiteren Schuss.

«Feuer einstellen! Er ist einer von uns! Ein Hitlerjunge!»

Es war die Stimme von Hauptsturmführer Teufel. Erst da wurde Siegfried bewusst, dass er ja die hellbraune Uniform aus dem Buch trug. «Niemals», wollte er schreien, «ich werde nie zu euch gehören, Teufel.» Doch wenn er überleben wollte, um noch einen weiteren Tag zu kämpfen, musste er sich verziehen.

«Auf Wiedersehen, Axel», flüsterte er. Dann fielen ihm die Worte aus dem letzten Buch ein, die, auch wenn sie von Gott stammten, alles ausdrückten, was er sagen wollte: «Du sollst stolz auf mich sein, ganz bestimmt. Ich werde es schaffen, dass du stolz auf mich bist.»

Er nahm das Bündel Gedichte aus Axels Tasche und schlüpfte wieder ins Armenhaus. In genau diesem Augenblick wachte Herr Gott mit einem Entsetzen auf, das schlimmer war als alles, was er je empfunden hatte.

Siegfried durchquerte das hallende Vestibül und stieg die Treppe zum Schlafsaal hinauf. Herr Gott schlug die Bettdecke zurück und eilte rasch an den Schreibtisch, während er sich diese neue, diese schauderhafte Angst zu erklären versuchte.

Als Siegfried durch den Schlafsaal ging, zitterten Herrn Gotts Hände so sehr, dass er die Tasten der Schreibmaschine nicht traf. Der alte Mann hörte keine Schritte, wusste aber, dass jemand kam, um ihn zu erledigen. Kroll? Teufel? Oder der Geist von …

Siegfried Engel erreichte das Graue Zimmer. Herrn Gott troff der Schweiß wie abgestandener Wein von der Stirn. Er witterte den Hauch des Verderbens in der Luft und wusste, wer der Mörder sein würde. «Du sollst nicht töten», sagte er sich. «Außer in Selbstverteidigung, versteht sich!» Und er begann zu tippen – in Selbstverteidigung.

Das letzte Abenteuer der Lingenbande

Teil 7

Dies ist die großartigste Nacht in Siegfrieds Leben und der Himmel über Leiningen spiegelt seine glänzenden Gefühle wider. Der Mond ist voll und wirkt größer, als er ihn je gesehen hat. Die Sterne sind heller und zahlreicher als in irgendeiner Nacht bisher. Das Dorf darunter ist atemberaubend schön und ruhig. Die glitzernden Schindeln auf den schrägen Dächern blinken wie das glatteste Nachtmeer. Und Siegfried bewegt sich durch diese Straßen so mühelos wie ein gewaltiger Ozeandampfer durch windstille See.

Am Morgen wird er Herrn Hempel von Dieters Aussage über den bärtigen Mann unterrichten. Herr Hempel wird wie versprochen «den Rest erledigen». Zusammen mit dem Beweismittel des Benzinkanisterverschlusses und dem stümperhaften Versuch, den Anfangsbuchstaben zu verändern, ist das sicherlich Grund genug, Herrn Matthias zu verhaften. Das Dorf wird Frieden haben und die Einwohner werden geeint hinter Adolf Hitler und der nationalsozialistischen Bewegung stehen.

Das sind Siegfrieds Gedanken, als er in seiner HJ-Uniform stolz über den Fahrweg zum Unterlingenhof schreitet. Plötzlich scheint eine unerwartete Wolke am Mond vorbeizuziehen und den Himmel für kurze Zeit zu verdunkeln. Er blickt auf. Da ist keine Wolke, aber direkt über ihm an der hohen Grasböschung des Weges – keine zehn Meter entfernt – sind die Silhouetten dreier Männer. Er fängt zu laufen an, doch zwei vermummte Gestalten stellen sich ihm in den Weg. Eine feuchte Hand legt sich auf seinen Mund und erstickt den Schrei in seiner Kehle.

Alles versinkt in Dunkelheit. Ein alter Jutesack ist ihm über den Kopf gestülpt worden. Er tritt und schlägt heftig um sich, kann aber nicht mehr verhindern, dass er mit einem Strick gefesselt wird. Bald wird er von den stummen Männern weggetragen. Er kann nicht genau feststellen, in welche Richtung sie ihn tragen, aber es fühlt sich an, als ginge es bergauf.

Das heisere Keuchen seiner Entführer überzeugt ihn, dass sie zum Lingerkogel aufsteigen. Der unverkennbare Geruch von zertretenen Fichtennadeln steigt auf und einige Minuten später liefert der stechende Gestank alten Rauchs den letzten Beweis: Sie gehen zur Burg.

Er spürt, wie er sinkt, als sie in den Keller hinabsteigen. Sie schaffen ihn schnell durch den vorderen Raum, erst im Zimmer der Lingenbande werfen sie ihn kurzerhand auf den Boden. Der Jutesack über seinem Kopf fällt zurück, doch der Raum ist bis auf eine Ahnung von Licht beim Torbogen pechschwarz. Dort steht einer der Entführer etwas von den anderen entfernt. Unter seiner groben Kapuze sieht Siegfried den Umriss eines Bartes.

«Ich weiß, dass Sie es sind, Herr Matthias. Sie wollen nicht sprechen, weil Sie wissen, dass ich Ihre Stimme erkennen werde.»

Einer von ihnen lacht grimmig und gibt ihm einen Stoß vor die Brust, bevor er den Jutesack mit einer rauen Kordel um Siegfrieds Hals festzurrt. Das Atmen fällt Siegfried schwer, aber er versucht, die Ruhe zu bewahren, als er langsam und bedächtig am Seil zerrt, das ihm die Hände auf den Rücken fesselt. Der Knoten ist nicht so fest, wie es zunächst den Anschein hatte. Noch etwas Zeit, dann wird er sich befreien können.

«Was zum Teufel machen wir jetzt mit ihm?»

Der Schock, den er verspürt, kommt nicht von den Worten, sondern von der Tatsache, dass einer der Männer überhaupt gesprochen hat. Warum, fragt er sich, hat er die Stimme nicht erkannt? Lag es einfach daran, dass er zu sehr mit dem Knoten hinter seinem Rücken beschäftigt war?

«Du weißt doch, was wir zu tun haben», sagt ein anderer, wieder ein Fremder.

Natürlich, das ist es. Einige der Juden aus dem Dorf sind zweifellos hier, wagen es aber wie Herr Matthias nicht, zu sprechen. Diejenigen, die es tun, sind Ortsfremde. Ihm fällt wieder ein, wie Herr Hempel zu den Dorfbewohnern von der internationalen Verschwörung der Juden gesprochen hat. Herr Matthias hat diese Fremden hergebracht, damit sie ihm bei seiner Drecksarbeit helfen. Das macht diese Rasse so gefährlich. Es sind ihrer so viele und in jedem europäischen Land, in der ganzen Welt stecken sie unter einer Decke und helfen sich gegenseitig bei ihrem heimtückischen Vorhaben, gute Menschen überall zu versklaven.

Der Knoten lockert sich. Er muss Herrn Matthias vom Bogen weglocken, damit der Jude, wenn er seinen Ausbruchsversuch macht, ihm nicht den Weg versperrt. Er spürt, als er das kurzatmige Schnaufen der anderen hört, dass sie im Zimmer sitzen oder kauern. Er prägt sich im Geiste genau ein, wo sich jeder in diesem vertrauten Raum befindet. Er bekommt die Hände frei und lockert sie für seine Flucht.

«Herr Hempel weiß alles, Herr Matthias. Sie werden am Morgen verhaftet werden. Sie schmutziger Jude, Sie blöder schmutziger Jude, Sie haben nicht einmal daran gedacht, Ihren schmierigen Bart zu bedecken.»

Die Reaktion entspricht nicht seinen Erwartungen. Seine Entführer lachen ihn einfach aus, jeder fügt sein einfältiges Prusten hinzu, bis sie schließlich ein ohrenbetäubendes Crescendo erreicht haben. Dann nimmt es Siegfried mit dem größten Wagnis seines jungen Lebens auf.

Blitzschnell zieht er die Hände nach vorn, schiebt die Haube zurück und springt mit dem Kopf voran auf den Torbogen zu, wo er den vermummten Herrn Matthias mit einem Schlag zur Seite stößt. Er spurtet durch das vordere Zimmer. Als er die Treppe hinaufspringt, stürzt er auf das Lichtviereck oben zu. Die Füße knirschen über den verbrannten Efeu auf dem Burggrund, bis er eine Lücke in der Außenmauer erreicht, sich durchzwängt und mit einem Sprung auf dem Waldweg landet.

Die Baumäste flitzen an ihm vorbei und die Schreie seiner Verfolger erscheinen mit jedem Laufschritt ferner. Dann hört er ein Geräusch wie das explosive Krachen einer Axt an einem uralten Baum. Ein kalter Schauer überläuft ihn, der irgendwo in seinem Hinterkopf beginnt und sich bis in seine Glieder ausbreitet und ihn herabzieht.

Aus unerfindlichen Gründen wird sein Lauf gebremst. Er will gar nicht aufhören. Doch er sinkt in die Knie und starrt auf den dicken Baumstamm vor ihm, als würde er nach der Wunde suchen, welche die Axt in die Rinde geschlagen hat. Doch da ist keine Axt, keine Wunde am Baum, und das trifft ihn hart, als der kalte Schmerz sich in seinen Hinterkopf frisst.

Er stürzt vornüber. Seine Lippen bewegen sich noch, als sein junger Körper die letzte Ruhe findet. Seine Worte erklingen leise im stillen Wald und er wird eins mit dem Geist der uralten Bäume und des germanischen Bodens, in den sein Blut sickert.

«Wir sind geboren», flüstert er, «um für Deutschland zu sterben.»

Kein Ausweg

«Er ist wirklich tot, nicht wahr?»

Nur Anna brachte es über sich, dieses verpönte Wort auszusprechen. Tot.

Sie waren nun schon einige Zeit im Grauen Zimmer, wie lange allerdings, hätte keiner von ihnen sagen können. Der Held der Abenteuer der Lingenbande hatte sich noch nicht gerührt.

«Wie können wir sichergehen? Vielleicht ist es nur eine weitere Wendung in Herrn Gotts Geschichte.»

«Wenn das zuträfe, Dieter, würde er jetzt mit uns reden. Nein, Herr Gott hat ihn umgebracht.»

Greta zog neben Dieter ihre Strickjacke enger um sich und zitterte unbeherrscht in ihrem leichten Sommerkleid.

«Es ist hier jetzt sehr viel kälter, fühlt sich irgendwie anders an.»

Dieter blickte sich im Grauen Zimmer um. Die Atmosphäre hatte sich gewiss verändert, aber es kam ihm so vor, als ob alles Übrige im Zimmer gleich geblieben wäre. Der Tisch und die Stühle, die Bücherregale in der Ecke, die Torbögen an jeder Seite. Die Torbögen!

«Anna! Greta!»

Die Mädchen wandten sich zu ihm und folgten seinem Blick. Axels Bogen war verschwunden.

Greta erhob sich langsam und dachte laut beim Aufstehen.

«Wo Axel auch immer ist, dieser Bogen sollte zu ihm führen. Und wenn er nicht mehr da ist, dann ist Axel an einem Ort, wo wir ihn nicht finden können … also muss er … Oh, mein Gott! Axel ist ebenfalls tot.»

Der Tod in der wirklichen Welt wie der Tod in der Albtraumwelt Leiningens war gleichermaßen endgültig. Wenn Axel verschwunden war, konnte es keine hintergründigen Wendungen mehr geben, die Herrn Gotts Geschichte untergruben. Wenn Siegfried verschwunden war, waren sie ohne einen Anführer. Sie hatten sich stets darauf verlassen, dass er einen Plan hatte oder einfach mit mutigem Beispiel voranging. Nun sah es für sie so aus, als gäbe es keinen Ausweg mehr.

«Was können wir machen?», fragte Dieter. «Es ist niemand da, um uns den Weg zu zeigen.»

Anna wusste, dass das, was sie zu sagen hatte, den anderen nicht gefallen würde, aber sie musste es aussprechen.

«Wer sagt denn, dass wir einen Anführer haben müssen? Es gibt kein dementsprechendes Gesetz, nur die Art von Gesetzen, die sich Leute wie Adolf Hitler erträumen. Und warum? Weil sie die Anführer sein wollen.»

«Das ist ja nicht zu fassen, dass du Siegfried mit Hitler vergleichst», entfuhr es Dieter.

«Ich will nur sagen, wenn Menschen sich von einem Anführer abhängig machen, wenn *wir* uns auf einen Anführer verlassen, der uns das Denken abbnimmt, dann wird der Tag kommen, an dem wir nicht mehr selbständig denken können.»

Greta ging allmählich der Sinn von Annas Worten auf. Sie versuchte, Dieter auf die Sprünge zu helfen.

«Wir wissen alle, dass Siegfried nicht so wie *er* war, denn Siegfried hat nie darum gebeten, zum Anführer gemacht zu werden. Das kam von Axel – aber nein, ich gebe auch Axel keine Schuld. Er schrieb die Bandenbücher auf die Art, wie solche Bücher schon immer verfasst wurden. Da gibt es einen Anführer, einen Witzbold und ein paar nicht besonders gescheite Mädchen; der Rest ergibt sich dann von selbst.»

«Einfach, aber weit von der Wirklichkeit entfernt», sagte Dieter und spürte, wie die Last der Verzweiflung von seinen Schultern wich.

Die Spannung in der Luft ließ nach und eine neue Dringlichkeit bemächtigte sich Annas Stimme.

«Alles, was mit uns geschehen ist, ist *unmöglich* gewesen. Wisst ihr, das bringt mich auf den Gedanken, dass alles möglich ist.»

Dieter und Greta sahen einander an und wussten, was Anna meinte.

«Siegfried», sagte Greta.

«Wir können ihn wieder zurückholen», erklärte Dieter. «*Unmöglich* ist nur ein Wort.»

Es dauerte nicht lange, dann hatten sie ausgemacht, was sie als Nächstes tun mussten.

«Nur Herr Gott kann Siegfried wieder zum Leben erwecken», sagte Anna. «Und wenn er so einen Brief an seine Tochter schreiben kann, dann schlägt irgendwo in ihm ein fühlendes Herz und ...»

«... und wir können ihm klarmachen, dass es noch einen anderen Weg gibt, dieses Geld zu beschaffen und ...», fügte Dieter hinzu.

«... und wir können ihn überzeugen, dass wir ihn aus Berlin rausschaffen werden», schloss Greta.

Ein blasses, wässriges Morgengrauen brach durch den Nebel über Berlin. In einer engen, verwinkelten Wohnung in der Richthofenstraße blickte Herr Gier, der schnauzbärtige Bankbeamte, etwas enttäuscht aus dem Fenster. Heute Abend sollte er mit seinen Freunden, den Braunhemden, neben der schwarz uniformierten SS bei der Feier zur ersten Bücherverbrennung am 10. Mai vor einem Jahr Unter den Linden Posten stehen. Der Jahrestag sollte wieder mit einer gewaltigen Bücherverbrennung begangen werden.

Er seufzte und betrachtete die feuchte Straße. Er erwog auch die sonnigeren Seiten. Da er mit Axel Hoffens Geld und den Sparguthaben etlicher anderer Künstler und Schriftsteller nun ein reicher Mann war, bestand für ihn kein Anlass zu Selbstmitleid, auch nicht in dieser erbärmlichen Nacht. Außerdem, dachte er, wäre mehr als Regen nötig, um den Vormarsch der Nazis aufzuhalten, aus dem er so viel Nutzen zog.

Es würden noch elf Jahre vergehen, bevor er mit ansehen musste, wie es Feuer auf Berlin regnete.

In seinem einstmals prächtigen Himmelbett war Herrn Gotts Schlaf alles andere als friedlich. Er träumte, dass seine Tochter Romi, ihr Mann Chaim und ihre zwei schönen jungen Töchter alle Figuren in einem Buch waren, das ein Verrückter geschrieben hatte. Sie wurden durch einen Wald gejagt und er konnte immer wieder den irrsinnigen Verfasser sehen, der über seine Schreibmaschine gebeugt war. Er konnte das Gesicht des Schreibers nicht erkennen, doch anfangs war er sich sicher, es wäre er selbst als junger Mann. Dann meinte er, es sei Hauptsturmführer Teufel.

Die tödlichen Schüsse ertönten kurz hintereinander. Die Mädchen fielen auf die Fichtennadeln. Dann folgte ihnen Chaim, die Arme noch schützend über seine Töchter gebreitet.

Schweiß rann von Herrn Gotts Kopf in das schmutzige Kissen, als Romi verzweifelt auf eine helle Lichtung zurannte. Plötzlich stand er auf genau dieser Lichtung. Sie kam auf zwanzig, auf fünfzehn Meter näher, doch er war mit Händen und Füßen angebunden und konnte ihr nicht zu Hilfe eilen.

Dann ertönte der letzte Schuss. Romi stolperte. Ein Schrei blieb in seiner Kehle stecken, wurde von dem ihn würgenden Seil erstickt. Kurz vor dem Aufwachen sah er das Gesicht des verrückten Schriftstellers, der ihn anlächelte und ihm etwas zuschrie. Seine Stimme war schwach und blechern, als käme sie aus einem Radio. Die Stimme und das Gesicht gehörten Adolf Hitler. Die Stimme rief: «Feuer einstellen! Er ist einer von uns!»

Herr Gott wachte hustend und keuchend auf, als wäre das Seil immer noch um seinen Hals. Er schlug die Augen auf, um dem Entsetzen ein Ende zu machen, doch ihn erwartete ein neuer Albtraum. Um sein Bett standen Anna, Dieter und Greta, alle klar sichtbar für ihn.

«Ich träume noch, bin noch gar nicht aufgewacht …»

«Sie träumen keineswegs mehr», sagte ihm Greta.

Dieter kämpfte dagegen an, den alten Mann zu schlagen. Stattdessen fauchte er ihn an:

«Ist Ihnen klar, was Sie Siegfried angetan haben?»

Herr Gott zog die Decke näher ans Kinn.

«Ich habe niemandem etwas angetan. Ich schreibe ein Buch.»

«Bringen Sie ihn wieder ins Leben zurück, Herr Gott. Das müssen Sie. Sie wissen doch, was Liebe ist, denn Sie lieben Romi. Wir lieben Siegfried und Sie haben ihn uns genommen.»

Herr Gott schlug sich die Hände vors Gesicht, um die flehentliche Miene von Anna nicht sehen zu müssen.

«Das kommt davon, dass ich seit Tagen nichts mehr getrunken habe. Da passiert es einem, dass man Dinge vor sich sieht. Ihr seid nicht real, niemand von euch.»

Anna berührte die Hände des alten Mannes, die sich daraufhin in die Bettdecke krallten.

«Sie spüren doch, dass ich Sie berühre. Ist das ein Traum?»

Er zog die Hände unter die Decke und schaute sie unter seinen grauen Augenbrauen hervor nochmals an.

«Ihr seid nicht real! Wie hätte ich einen Jungen töten können, der nicht real ist? Eine dämliche blutgierige Geschichte wollte ich nie schreiben – aber ich musste doch retten, was …»

Dieter hämmerte mit der Faust an das klapprige Kopfteil oberhalb des alten Mannes.

«Na gut dann, Herr Gott. Ich werde Ihnen zeigen, was real ist.»

Die Mädchen schauten ihn verzagt an und schielten, da sie gegenseitig ihre Gedanken lasen, auf den dolchförmigen Brieföffner auf dem Schreibtisch. Sie wollten Dieter noch zurückhalten, doch er war schon unterwegs, allerdings nicht zum Schreibtisch, sondern zurück ins Graue Zimmer. Herr Gott setzte sich mühsam auf, da er die Verwirrung der Mädchen spürte.

Der einarmige Junge schwankte wieder in Sicht. Auf seiner Schulter lag der tote Körper von Siegfried Engel. Die Mädchen eilten ihm zu Hilfe und so brachten sie Siegfried gemeinsam zum großen Bett. Herr Gott war dermaßen entsetzt, dass er weder eine Bewegung machen noch einen Schrei ausstoßen konnte, als der Kopf des blondhaarigen Jungen neben ihm aufs Kissen fiel.

Der alte Mann starrte Siegfried und die gefalteten Seiten braunen Papiers an, die halb aus der Brusttasche seines HJ-Hemdes ragten. Herr Gott griff danach und begann mit dem Lesen der *Gefängnisgedichte* von Axel Hoffen. Kurz bevor der alte Schriftsteller schlafen gegangen war, hatte der SS-Wachmann Kroll ihn von Hoffens Tod durch die Hände von Teufel unterrichtet. Kroll war gerade in einem nahe gelegenen Wirtshaus und begoss das Geschehene.

Der alte Mann schien mit jeder Seite kleiner und schwächer zu werden. Als er die Gedichte ein zweites Mal durchgelesen hatte, bettete er seinen Kopf neben Siegfrieds.

«Das letzte Mal, als er mit mir gesprochen hat, erwähnte Siegfried Geld, das er für Romi beschaffen könnte.»

Der Weg war frei. Herr Gott war endlich auf ihrer Seite. Ja, sagte er, es sei egal, woher das Geld komme. Ja, er würde ein weiteres Kapitel schreiben, in dem sich zeigen würde, dass Siegfried nicht wirklich tot war. Er hoffe nur, es sei nicht zu spät. Und er verstehe auch, dass das Buch nicht enden könne, denn dann käme die Bande nie frei.

«Geben Sie uns eine Stunde, Herr Gott», sagte Dieter, «dann haben wir das Geld für Romi. Danach können Sie losschreiben ...»

«Ich werde es gleich tun. Ich weiß, dass ich euch vertrauen kann.»

Er schlug die Bettdecke zurück und ging in seinem ausgebeulten Schlafanzug unsicher zum Schreibtisch. Greta half ihm, als er wieder einmal über den zerschlissenen Teppich stolperte.

«Ist alles in Ordnung?»

«Es wird gleich wieder gehen. Bald werde ich ...»

Er war zu schwach, um weiterzusprechen, und als er den Stuhl erreicht hatte, fiel er schwer darauf. Seine Hände zitterten über den Typenhebeln. Er wird nicht die Kraft zum Schreiben aufbringen, dachte Dieter. Ihre schlimmste Befürchtung – dass Herr Gott sterben würde, bevor die Zeilen mit Siegfrieds Auferstehung geschrieben waren – erschien nun im Bereich des Möglichen.

Greta nahm die Hände des alten Mannes in ihre und legte sie auf die Schreibmaschinentasten.

«Ich kann nicht», murmelte er.

«Sie müssen weitermachen», flüsterte Greta. «Für Romi, Chaim und die Mädchen – und für Siegfried.»

Er fing zu tippen an, drückte die Buchstaben einen nach dem anderen erst langsam nieder, dann immer schneller und schneller. Dieter und Anna ergriffen Siegfried und hoben ihn vom Bett. Der alte Schriftsteller merkte gar nicht, dass sie gingen. Sein Herz schlug so schnell, sein Verstand wurde so klar. Alles schien nun so einfach, dass er sich keinen Deut um Teufels Drohungen scherte. Es würde eine weitere Wendung in dieser Geschichte über die Lingenbande geben, gelobte er, egal, welche Folgen dies hatte. Und in seiner eigenen Geschichte ebenfalls.

Hans Gott wusste auf einmal, wie das Buch seines eigenen Lebens enden würde und war glücklich.

Das letzte Abenteuer der Lingenbande

Teil 8

«Siegfried!», rufen sie. Sein klangvoller Name schallt im dunklen Wald von Baum zu Baum.

Vor wenigen Augenblicken haben Dieter und Greta den Schuss gehört. Während nun Siegfrieds Name in der Ferne verhallt, nähern sich ihnen polternde Schritte. Sie stürzen vom Weg ins Unterholz und legen sich still hin, obwohl tausend Fichtennadeln sie piesacken.

«Sie müssen doch hier irgendwo sein», brummt eine unbekannte Stimme grob. «Ich bin sicher, es sind diese Bengel der Lingenbande.»

«Lass es sein», tönt eine andere, gebieterischere Stimme. «Verschwinden wir von hier.»

Dieter ballt seine eine Faust und von seinen Lippen kommt ein siegessicher geflüstertes «Ja!» Die wahren Übeltäter ziehen über den Weg zum Dorf ab und der Wald schweigt wieder. Die Stimme kennen beide sehr gut, was ihnen trotz ihrer vielen Zweifel die Gewissheit verschafft, dass sie die ganze Zeit richtig vermutet haben. Sie stehen auf, schütteln die anhaftenden Fichtennadeln ab und fahren mit ihrer Suche fort.

Nach der nächsten Wegbiegung finden sie Siegfried und fallen sofort neben ihm auf die Knie. Dieter schiebt seine Hand unter den Kopf des Freundes und spürt das feuchte Blut an seinen Fingern.

«Nein!», schreit er auf. «Nein, nein! Er kann doch nicht.»

Von seinem Kummer erregt, hebt er Siegfried an und hält ihn fest umfangen. Plötzlich spürt er ein ersticktes Husten in unmittelbarer Nähe und bemerkt, dass es von Siegfried kommt. Er lässt den so zärtlich Gefangenen los und hört Greta hinter sich lachen.

«Du erstickst mich, Dieter», keucht Siegfried.

«Ich dachte, du wärst tot!», ruft Dieter aus. «Das ganze Blut und der Schuss und ...»

«Schau mal neben dich», kichert Greta, die einen erneuten Lachanfall unterdrückt. «Ich weiß, ich sollte nicht lachen, Siegfried, aber ...»

Dieter und Siegfried drehen gleichzeitig ihre Köpfe. Vor ihnen liegt ein Farbkübel. Natürlich! Der Kübel mit roter Farbe vom unfertigen Baumhaus. Der Schuss der Verbrecher hat ihn offensichtlich aus dem Gleichgewicht gebracht und als er auf Siegfried krachte, wurde der davon bewusstlos. Sein Hinterkopf schmerzt und der Gedanke, er wäre für Deutschland gestorben, ist ihm ausgesprochen peinlich, so dass ihm seine Erleichterung keinen großen Trost bietet.

Und außerdem sind Fragen zu beantworten. Warum ist Dieter nach ihrer Begegnung am vorherigen Tag überhaupt hier? Warum ist Greta zu dem Einarmigen so freundlich? Und wo ist Anna?

Die letzte Frage stellt er laut.

«Wir haben ihnen zur Flucht verholfen», sagte Greta. «Allen Matthiasens.»

«*Was* habt ihr?»

Siegfried plagen heftige Schwindelgefühle, als er sich aufrappelt und mit einem barschen Grunzen ihre Hilfe ablehnt. Dieters zuvorkommendes Lächeln geht ihm allmählich auf die Nerven. Er schaut Greta an, um von ihr eine Erklärung zu bekommen, doch ihr freundliches Lächeln bringt ihn noch mehr in Wallung.

«Kannst du gehen?», fragt Dieter.

«Natürlich kann ich gehen. Ich bin doch kein ...»

«Krüppel?»

«Was geht hier vor, Greta?», schreit er. «Ihr habt diese Juden ... diese Verbrecher laufen lassen? Warum?»

Dieter und Greta tauschen wissende Blicke aus und sein Nicken ist eine Einladung an sie, mit einer Erklärung herauszurücken. Siegfried lehnt sich an einen Baumstamm, um besseren Halt zu finden. In seinem Kopf spielen sich seltsame Dinge ab, als er sie ansieht. Irgendwie vergisst er für einen Augenblick, wer sie sind, nur um sich ganz kurz darauf wieder daran zu erinnern und es dann erneut zu vergessen.

«Die Übeltäter sind entkommen, das stimmt», sagt ihm Greta. «Aber weißt du, das waren alles Ortsfremde, hergeholt, um ihre gemeinen Schandtaten zu begehen. Alle bis auf einen, versteht sich.»

«Jawohl», sagt Siegfried. «Matthias.»

«Kommst du mit?», bittet Dieter. «Wenn wir uns beeilen, wirst du alles begreifen.»

Siegfried hält sich den Kopf, weil ihm immer noch schwindelig ist.

«Was ihr sagt, ergibt keinen Sinn. Es reimt sich nichts zusammen.»

«Komm mit uns», drängt ihn Greta. Da ihm wieder einfällt, dass sie immer seine Verbündete war, folgt er.

Als sie das Dorf betreten, ist Siegfried so, als gelange er in unbekannte Gefilde. Der Ort ist ihm überhaupt nicht vertraut. Mehr als einmal fragt er sich, wem er folgt und warum.

Sie kommen durch eine Gasse und er stellt fest, dass er mit den anderen durch das rückwärtige Fenster eines schwach erleuchteten Hauses blickt. Vor einem reich verzierten Wandspiegel steht ein vermummter Mann. Siegfried spürt den Anflug einer Erinnerung, die durch den Nebel in seinem Gehirn dringt.

Der Mann hebt die Hände und lüpft die Kapuze aus Sackleinen von seinem Kopf. Das Gesicht ist noch verborgen, doch der Bart zeichnet sich unverkennbar ab.

«Matthias! Ich dachte, ihr hättet gesagt, er ist ge…»

«Das ist nicht Herrn Matthias' Haus», flüstert Dieter. «Sieh zu, was nun passiert.»

«Wessen Haus ist …»

«Schau nur hin.»

Der Mann drinnen entfernt langsam den falschen Bart und schaut zum Fenster, bemerkt aber die Späher nicht. Siegfried taumelt zurück, als ihm die Wahrheit in die Augen leuchtet.

«Ich kann's nicht glauben», bringt er erstickt hervor. «Das ist … das ist …»

Kein Weg zurück

Jeder von ihnen wartete, wollte auf keinen Fall als Erste oder Erster die Augen aufschlagen. Anna fragte sich, ob das wirklich ihre letzte Stunde im Grauen Zimmer war. Greta, sich dessen ziemlich sicher, versuchte sich vorzustellen, was sie in Berlin erwartete. Dieter wusste, dass seine einzige Hoffnung in der Flucht aus Deutschland lag. In der wirklichen Welt würde ihn hier nur eine besondere Erziehungsanstalt erwarten. Er fragte sich auch, was Anna bevorstand. Ihre Rasse wurde insgesamt von den Nazis verachtet. Und wer konnte schon sagen, welche ‹Endlösung› sich diese Leute für das Juden- und Behindertenproblem ausdenken würden?

Ihr erster Gedanke galt einer dringenderen Sorge: Würde Siegfried sich ihrem Ausbruchsversuch anschließen? Als sie nacheinander den Mut fassten, die Augen aufzuschlagen, war die Antwort noch ungewiss. Der blondhaarige Junge lag reglos zwischen Dieter und Greta. Sie waren so damit beschäftigt, ihn aufzuwecken, dass sie Annas atemlosen Ausruf nicht bemerkten.

«Der Torbogen!»

«Siggi, wach auf, Siggi. Du bist nicht mehr tot … Ich meine … du warst nie … Bitte, Siggi!»

Auf Dieters Rufe erfolgte keine Antwort.

«Der Torbogen!», wiederholte Anna.

«Er hat die Geschichte geändert, Siegfried», sagte Greta. «Du warst bei uns, hast mit uns gesprochen, gerade vor einer Minute in …»

«Leiningen!»

Sie drehten sich um und verbargen ihre Verärgerung über Anna nicht.

«Es ist weg. Leiningen ist weg. Der Leininger Torbogen ist weg.»

In peinsamer Erwartung schauten sie auf die Wand, wo sich Herrn Gotts Torbogen befinden sollte. Dieter dachte gerade, wie schwach und krank Herr Gott das letzte Mal ausgesehen hatte. Ein ungeheurer dreifacher Seufzer der Erleichterung zog durch das Graue Zimmer, als der letzte Torbogen sichtbar wurde. Dieter spürte allerdings, dass die Gefahr noch nicht gebannt war.

«Wenn dieser Torbogen verschwindet ... Ich meine, wenn Herrn Gott irgendetwas zustößt, dann sind wir hier für immer eingesperrt.»

Seine Aussage war ihnen allen schmerzhaft klar. Sie mussten auf der Stelle aufbrechen – mit oder ohne Siegfried. Sie versuchten noch einmal, ihn dem endgültigen Vergessen zu entreißen, aber es gelang nicht. Greta gestand sich als Erste ein, dass es mit ihm aus und vorbei war und dass er nicht gewollt hätte, dass sie ihr zukünftiges Leben durch weiteres Verweilen aufs Spiel setzten. Schließlich musste sie zusammen mit Anna Dieter von Siegfried wegziehen.

Dann kniete sich Greta neben Siegfried und brachte die einzig sagbaren Worte hervor: «Auf Wiedersehen, Siegfried.»

Dieter fiel auf die Knie und schlang seinen Arm fest um seinen Freund, so wie er es vorhin in der Geschichte getan hatte. Diesmal kamen keine unterdrückten Einwände von Siegfried und kein Lachen.

«Wiedersehen ... Si ... Siggi», flüsterte er und ließ Siegfried wieder auf den staubigen Boden seiner ewigen Ruhestätte gleiten.

«Wir werden dich nie vergessen, Siegfried.»

Betrübt gingen sie durch Herrn Gotts Torbogen und verschwanden im Zimmer des alten Schriftstellers. Der Anblick, der sich ihnen bot, war äußerst chaotisch.

Auf dem ausgeblichenen Blumenmuster des abgetretenen Teppichs lag der schwarz uniformierte Kroll. Sein kahl geschorener Kopf war mit Blut überzogen. Sein Atem ging stoßweise und rasselnd. Neben ihm lagen die blutbefleckten Überreste einer

Schreibmaschine, deren Typenhebel wie bedruckte Konfetti verstreut waren. In Krolls Faust war der dolchförmige Brieföffner. Wie, fragten sie sich verwundert, hatte der alte Mann die Kraft aufgebracht, diesen Schlägertyp zu überwältigen?

Um sie herum war alles Mögliche im Zimmer verstreut – muffig riechendes Bettzeug, dutzende alter Schuhe, die mit grünlich weißem Mehltau überzogen waren, vergessene Wurstbrote, eine Art Schneedecke aus zerknüllten Schreibmaschinenseiten. Sie bahnten sich durch das Gerümpel einen Weg zum Schreibtisch. Dort ruhte ein ordentlicher Blätterstapel, auf dem Axels *Gefängnisgedichte* sowie zwei handschriftliche Notizen lagen.

Anna nahm den ersten Zettel und fing an zu lesen, während die anderen über ihre Schulter auf die tintenfleckige Schrift blickten. Die ersten Sätze brachten ihnen den Schmerz über ihren Abschied von Siegfried in seinem vollen Ausmaß in den Sinn. Anna las mit zittriger Stimme laut vor.

«Ich hoffe, ihr alle lest diesen Zettel und habt mir inzwischen meine Torheit verziehen. Ich weiß, ihr hättet mich aus dieser Stadt gebracht, wenn es mein Wunsch gewesen wäre. Aber das will ich nun nicht mehr.

Ich bin ein alter Mann. Mir bleibt nicht mehr viel Zeit auf dieser Erde, das haben mir meine alten Knochen schon eine ganze Weile gesagt. Ich habe schon entschieden, was ich mit dieser Zeit anfangen werde. Ein größerer Schriftsteller, als ich je hätte werden können, hat einmal gesagt: ‹Damit das Böse triumphiert, brauchen gute Menschen nur zu schweigen.› Vielleicht bin ich kein guter Mensch. Aber mein Schweigen ist vorbei. Ich muss meinen Protest gegen Hitler und all diese Lakaien verkünden, die alles, einfach alles in seinem Namen zu tun bereit sind.

Heute Abend sollen Unter den Linden noch mehr Bücher verbrannt werden. Sie nennen es eine Feier. Ich nenne es ein Sakrileg, eine Sünde gegen Gott, welcher der Schöpfer aller Schöpfer ist. Ich kann sie zwar nicht aufhalten, aber ich kann meine Stimme erheben; und wenn ich zum Herzen nur eines dieser Verblendeten vorstoßen kann, dann hat es sich gelohnt. Und selbst wenn nicht, muss ich um meines eigenen Seelenfriedens willen diesen Weg beschreiten.

Was das Buch betrifft, so habe ich es unvollendet gelassen, damit ihr alle frei sein könnt. Ich war schon nahe daran, dieses letzte Buch von der Lingenbande zu verbrennen, als mir einfiel, dass dies verkehrt wäre. Ich dachte, dieses Buch zeigt, wie ein Mann – in diesem Fall ein Schriftsteller – seinen Irrweg einsehen und seinen Pfad zur Wahrheit finden kann. Warum es nicht für eine Zukunft aufheben, die nicht so düster ist wie die schreckliche Gegenwart? Warum es nicht an einem sicheren Ort in der Stadt vergraben, damit es gefunden wird, wenn hier nur noch Ruinen stehen? Und diese Stadt wird eines Tages in Trümmern liegen, nichts ist gewisser. Ich glaube aus vollem Herzen, dass auf die dunkle Vergangenheit ein Licht fallen und eine Lektion für die Zukunft daraus zu lernen sein wird, wenn dieses Buch zusammen mit Axels Gedichten gelesen wird.

Es fiel mir ein, dass das Schlimmste, was einem Leser widerfahren kann, wenn er sich durch ein Buch geschmökert hat, die Feststellung ist, dass ein paar Seiten fehlen – der Teil, indem ihr herausfindet (auch wenn ihr es schon geahnt habt), wer der wahre Schuldige ist und warum sich alles so abgespielt hat. Deshalb habe ich ein paar Notizen für das Ende niedergeschrieben. Vielleicht wird es jemand eines Tages beenden, wenn ihr schon alle euren Platz in der Welt gefunden habt.

Zum Geld. Bringt es zu Herrn Josef Ingelau in der Kammenstraße 15. Er wird es Romi zukommen lassen.

Schließlich möchte ich euch, Anna, Dieter, Greta und selbstverständlich auch Siegfried, dafür danken, dass ihr meine Seele gerettet habt.

Hans Gott.»

Der zweite Zettel trug die Überschrift: «Das letzte Abenteuer der Lingenbande – Notizen für ein Ende». Es blieb keine Zeit, ihn zu lesen. Herr Gott war weggegangen, um Farbe zu bekennen, aber sie konnten ihn nicht der Willkür der Bücherverbrenner überlassen.

«Was ist mit dem Buch?», fragte Anna, als sie aus der offenen Tür von Herrn Gotts Zimmer traten.

«Das holen wir uns später», sagte Greta, als sie die lange Treppe in die feuchte Nacht Berlins hinunterstiegen.

Ein beständiger Nieselregen empfing sie. Sie standen und schauten nach links und rechts, da sie nicht wussten, wohin sie sich wenden sollten. Ein junger Bursche bog um die Straßenecke und ging auf sie zu. Im nebelverhangenen Licht sah Dieter das blonde Haar, die breiten Schultern – die hellbraune HJ-Uniform.

«Siggi!»

Er rannte auf den hoch aufgeschossenen Jungen zu, obwohl Anna und Greta versuchten, ihn zurückzuhalten. Der Hitlerjunge verharrte im Schritt und Dieter blieb auch plötzlich stehen. Es war nicht Siegfried. Der Kerl sah Dieter hochmütig an.

«Was unterstehst du dich, mich anzukläffen, Krüppel?»

Dieter bewahrte die Ruhe. Ein Kampf war das Letzte, was er gebrauchen konnte, obwohl er ihn gewiss genossen hätte. Anna und Greta gingen zögernd auf die beiden zu.

«Wir wollten fragen, ob du weißt, wo die Bücherverbrennung stattfindet?», erkundigte sich Greta.

Das Gesicht des Burschen hellte sich auf.

«Ach so! Ich habe gerade einige Bücher hingebracht. Geht links, dann noch mal links und ihr seid schon Unter den Linden. Biegt rechts ab und geht auf den Feuerschein zu.»

«Recht herzlichen Dank.»

Der Hitlerjunge hob den rechten Arm zum Gruß.

«Heil Hitler!»

Die Mädchen erwiderten widerwillig den Gruß. Dieter starrte ihn bloß an. Mit seiner Geduld war es zu Ende. Im Gesicht des Jungen sah er den gleichen geistlosen Hass, den er bei Siegfried in den letzten Kapiteln des Buches über die Lingenbande gesehen hatte.

«Heil Hitler! Was hast du zu sagen?»

«Heil meinen Hintern!», knirschte Dieter und machte einen weiten Bogen um den entsetzten Jungen.

Als der Hitlerjunge wieder seine Fassung erlangt hatte, stürzte er Dieter nach, doch Anna ließ ihn über ihr ausgestrecktes Bein stolpern. Sie und Greta rannten darauf auch los, um sich dem Einarmigen anzuschließen. Erst als sie die breite Prachtstraße Unter den Linden erreichten, waren sie sicher, dass sie ihren Verfolger abgeschüttelt hatten. Jedenfalls konnten sie nun in der Menge, die zur Universität strömte, wo das Flammenritual begonnen hatte, gut untertauchen. Zum Glück war die Menge in Eile, so dass ihre Hast nicht weiter auffiel.

Bald erhellten die hochschießenden Flammen die Baumkronen vor ihnen und die Gesichter der hinzuströmenden Menschen um sie herum. So wie deren Augen von Hass hypnotisiert waren, wie deren fahle Lippen vor Freude auf die bevorstehende Belustigung trieften, erschienen sie Anna, Dieter und Greta genau wie die Bewohner Leiningens – genauso unwirklich, genauso bar jeder Vernunft.

Irgendwo vor ihnen erhob sich ein Jubelruf, gefolgt von einer dröhnenden Stimme, die über das allgemeine Getöse erscholl.

«Und nun ist es mir eine große Freude, ein weiteres so genanntes Meisterwerk den Flammen zu übergeben. Brenn, Hermann Hesse! Du magst dich davongeschlichen haben, aber bald wirst du brennen wie deine Bücher!»

Ein irrsinniger Applaus donnerte los, als bräche er aus der Erde. Die Teufel in der Hölle, dachte Anna, sind jetzt glücklich.

Am gewaltigen Scheiterhaufen bemerkten sie, dass die Menge nur auf einer Seite stand, da sie sich dem nach Osten abziehenden Rauch nicht aussetzen wollte. Sie drängten und schubsten sich bis zum hohen Podium durch, auf dem ein großer Mann in schwarzer Uniform in ein Mikrofon brüllte. Hauptsturmführer Teufel!

«Sigmund Freud! Jude!»

Er schleuderte das Buch in die Flammen unter ihm. Einen Augenblick später wurde er vom Boden der Plattform gestoßen. Herr Gott stand am Mikrofon und zeigte sich den verdutzten Zuschauern. Er sah aus wie ein alter Säufer, war aber in seinem gesamten Leben nie nüchterner gewesen.

«Das ist falsch!», schrie er. «Das ist kein Benehmen für ein Kulturvolk. Es ist schlimmer als falsch, es ist hirnverbrannt. Ein großer, ein wirklich großer Deutscher, ja, ein deutscher Dichter, Heinrich Heine, hat es gesagt. Er hat gesagt: ‹Ein Land, das seine Bücher verbrennt, ist nur einen Schritt davon entfernt, seine Menschen zu verbrennen.› Ihr müsst aufhören, ihr …»

Teufels Faust krachte in Herrn Gotts Kiefer und ließ ihn über die Tribüne fliegen. Der erboste Hauptsturmführer hatte leichte Schwierigkeiten, seine Luger aus dem schwarzen Lederhalfter zu ziehen. Dieter sprang in großen Sätzen auf das Podium, und als Teufel seine Pistole zückte, stürzte er auf ihn zu und versetzte ihm einen Tiefschlag, der ihn aus dem Gleichgewicht warf. Der Schuss, der Herrn Gott gegolten hatte, pfiff ganz hinten in die Bäume. Die Menge zerstreute sich in alle Richtungen. Unter Teufels Aufprall splitterte die Plattform auf der Holzbalustrade, er fiel nach außen und mitten ins Feuer.

Seine gellenden Schreie waren fürchterlich, aber jede Hilfe kam zu spät. Die Flammen waren unnahbar heiß und all sein um sich Schlagen führte nur dazu, dass er tiefer nach unten sank.

Ein Trupp SS- und SA-Männer stürmte durch die in Panik fliehende Menge und hatte in wenigen Sekunden das Podium umstellt. Greta und Anna sahen entsetzt zu, wie Dieter, in luftiger Höhe eingekesselt, sich über Herrn Gott beugte, der die Hände fest in seine Brust gekrallt hatte.

«Verlass mich», stöhnte Herr Gott. «Rette dich. Geh, Siegfried, flieh!»

Es hatte keinen Sinn, dem sterbenden alten Mann zu sagen, dass er nicht mit Siegfried sprach. Er hätte es gar nicht mehr gehört, so nah war er seinem Ende. Dieter blickte nach unten und sah die Ausweglosigkeit seiner Lage. Sein Leben in der wirklichen Welt würde ein sehr kurzes sein. Doch er blieb bei diesem Gedanken ziemlich gelassen.

«Ich fürchte, lieber Herr Gott, ich bin weder ein Vogel noch ein Engel, also kommt Fliegen nicht in Frage! Herr Gott? Können Sie mich hören?»

Der alte Mann war bewusstlos geworden, doch die Schmerzen in der Brust, die er mit seinen knorrigen Händen zu lindern versuchte, schienen ihn immer noch zu schütteln. Zwei SS-Leute mit gezückten Waffen rannten die Stufen herauf, doch als der Erste gerade den Fuß auf die Plattform setzen wollte, verschwand er. Dieter linste über die Kante und sah, dass die Stufen unter ihrem Gewicht nachgegeben hatten. Er konnte nur noch lachen und dieses Lachen versetzte die Männer noch mehr in Rage. Einer hob seine Waffe und zielte direkt auf den Jungen.

«Nicht schießen», befahl ein anderer. «Wir lassen sie einen langsamen Tod erleiden! Reißt das Podium ein.»

Je drei bullig aussehende Braunhemden versammelten sich an den vier Holzstützen, die das Podium trugen, und begannen daran zu rütteln. Dieter rollte umher und versuchte, sich an etwas zu klammern, damit er nicht herunterfiel.

Ein gewaltiges Krachen erschütterte die kleine Bühne. Die Planken unter Dieter wackelten und Herr Gott, den er gerade gepackt hatte, entglitt wieder seinem Griff. Ohne einen Schrei oder auch nur ein Wimmern fiel der alte Mann zu Boden und wurde gleich von einem erbosten Knäuel tretender, stoßender SS-Männer traktiert. Anna und Greta konnten nur wegschauen. Sie wussten, dass sie nichts mehr tun konnten, um ihm jetzt zu helfen.

Das Podium schwankte gefährlich nah über den Flammen und Dieter klammerte sich an zwei Bretter. Nach einem weiteren lauten Krachen bewegte sich das ganze Gebilde wieder vom Feuer weg. Anna und Greta liefen in der Hoffnung zur Rückseite des Podiums, dass es beim unmittelbar bevorstehenden Zusammenkrachen nicht ins Feuer, sondern in ihre Richtung fiel.

Erneut sah sich Dieter auf die Flammen zuschnellen, die hungrig nach mehr Menschenfleisch, unter ihm tanzten. Die grobe Planke, an die er sich hielt, gab plötzlich nach und er spürte, wie die Hitze ihm die Brauen versengte, als er ohne Halt direkt über dem gewaltigen Feuer hing. Er spürte, wie sich das Brett unter ihm löste, und rollte sich auf das nächste, gerade noch rechtzeitig bevor das erste ganz abfiel und nach unten krachte.

«Er ist hineingefallen!»

Die schwarzen und braunen Uniformen formierten sich und rückten so nahe an die knatternde Lohe, wie es nur ging.

«Wo ist er? Ich kann ihn nicht sehen!»

«Ich hab ihn gesehen. Ich hab ihn dort in die Mitte fallen sehen!»

Inzwischen schnellte das Podium, schon von den züngelnden Flammen versengt, wieder zurück und Dieter wusste plötzlich, dass es, obwohl er noch nie geflogen war, für alles ein erstes Mal gab. Sekunden, bevor die Plattform endgültig in das verzehrende Vergessen sank, holte er tief Luft und hob ab in die Nacht. Das große Holzgerüst hinter ihm taumelte ins Feuer und ließ die SS- und SA-Männer in Deckung rennen.

In einem Augenblick schieren Hochgefühls schien es Dieter so, als sei Fliegen tatsächlich möglich. Er ruderte mit seinem Arm, trudelte jedoch nur nach unten; wenn nicht Anna und Greta seinen Fall aufgehalten hätten, wäre er mit dem Kopf voran am Boden aufgeschlagen.

Von Baum zu Baum rannten sie, sahen sich ständig um, ob sie entdeckt worden waren. Sie schlugen sich auf die andere Straßenseite und verließen Unter den Linden. Ein unvermeidlicher Fehler, denn ein Schrei des Erkennens gellte ihnen in den Ohren, als sie auf Herrn Gotts Haus zuliefen.

Sie schlüpften gerade durch die Haustür, als der Mob von beiden Seiten in die Straße einfiel und den schmalen Raum wie eine Flut überschwemmte. Sie saßen in der Falle. Es gab keinen Weg zurück. Sie stiegen die vielen Treppen zu Herrn Gotts verwüstetem Zimmer im obersten Stock hoch.

«Wenn er noch nicht tot ist», japste Anna atemlos beim Hochsteigen, «können wir in das Graue Zimmer zurück.»

«Dann könnten wir nie wieder dort rauskommen», erwiderte Greta keuchend.

«Wir werden hier auch nicht mehr lebend rauskommen, oder?», überschrie Dieter ihre trampelnden Schritte und die der ihnen nachjagenden Meute. «Im Grauen Zimmer können sie uns wenigstens nicht töten.»

Anna, die als Erste oben war und die Tür aufstieß, blieb so plötzlich stehen, dass die anderen auf sie prallten und sie in einem Knäuel hineinstolperten.

«Siegfried!», rief Anna. «Du lebst noch! Ich begreife gar nichts. Warum bist du nicht mit uns aufgewacht?»

«Ihr habt alle geschlafen», grinste Siegfried. «Ich war tot, wisst ihr noch? Es dauert ein bisschen länger, von den Toten zu erwachen, meint ihr nicht?»

Siegfried ließ Herrn Gotts handschriftliche Notizen dort fallen, wo er sie Augenblicke zuvor gefunden hatte. Das Stiegenhaus draußen füllte sich mit Polizisten und Soldaten, die alle darum rangelten, der Erste zu sein, der sich auf die Beute stürzt.

«Weg von der Tür», gellte er. «Packt den Schreibtisch. Los, macht schon!»

Alle vier ergriffen den Schreibtisch und zogen ihn her, um die Tür zu verbarrikadieren. Siegfried blickte sich im Zimmer um.

«Das Bett!»

Sie mühten sich mit der unglaublich schweren Antiquität ab, bis sie die Barrikade vervollständigt hatten – gerade rechtzeitig, um dem ersten Ansturm von draußen standzuhalten. Die Gewalt dreier auf die Tür prallender Schultern ließen den rechteckigen Bettrahmen brechen und eine lange Eisenstrebe des Baldachins fiel herab und verfehlte nur knapp Gretas Kopf.

Anna rannte zur Wand, die einst ihr Zugang zum Grauen Zimmer gewesen war. Sie gab nicht nach. Das Graue Zimmer existierte nicht mehr. Die Schriftsteller waren tot. Die Lingenbande war frei, von ihrer fiktiven Existenz erlöst – doch nun der Willkür eines gnadenlosen Mobs ausgeliefert.

Sie ging zum Fenster und riss es auf. Verzweifelt schaute sie auf ein Dach, das verlockend nahe war, aber dennoch zu weit entfernt, um mit einem Sprung erreicht zu werden. Im Wissen, dass sie der Barrikade nichts mehr hinzufügen konnten, schlossen sich die anderen ihr an. Dieter warf einen Blick nach draußen und schüttelte den Kopf.

«Da geht es drei Stockwerke hinunter und weiß Gott wie viele Meter in die Breite.»

Anna riss sich von der Gruppe los und bemächtigte sich des langen Eisenteils, das beinahe Greta getroffen hatte. Sie sahen, was sie vorhatte, als sie es zum Fenster zog.

«Es ist nicht breiter als fünf Zentimeter!»

«Haben wir noch eine Wahl, Siegfried?»

Die erzitternde Tür, an der sich immer mehr Bruchlinien abzeichneten, war Antwort genug.

«Schaut, am Ende des Dachs da drüben ist ein gebrochener Ziegel», sagte Greta. «Wenn wir die Stange dort verkeilen können, sollte es halten.»

Bald war das schmale Eisentrapez verankert. Dieter meldete sich freiwillig als Erster und kletterte auf den Fenstersims. Er setzte einen Fuß auf den Eisenbalken und spürte, wie dieser schwankte. Er wollte wieder umkehren, sich in einer Ecke von Herrn Gotts Zimmer ganz klein machen und hoffen, sie würden Mitleid mit einem armen Krüppel haben. Doch schon der bloße Gedanke daran erfüllte ihn mit Zorn. Mitleid war das Letzte, was er wollte.

Nein! Er würde sich und der Welt beweisen, dass er so tapfer und wagemutig wie alle anderen war. Und noch dazu würde er ihnen Hoffnung machen und Glauben an sich selbst einflößen. Dazu gab es nur einen Weg: Er musste es leicht erscheinen lassen. Trotz seiner Angst würde er es daher in Todesverachtung tun, als wäre es ein Kinderspiel. Und genau das tat er, hüpfte hinüber, als befände er sich nur ein paar Zentimeter über dem Boden.

Als er auf der anderen Seite angelangt war, setzte er sich auf das Ende des Eisenbalkens, um ihn für Anna zu stabilisieren. Sie überquerte ihn mit dem geübten Gang einer Akrobatin, voller Zutrauen, nachdem sie gesehen hatte, wie leicht es bei Dieter ging. Greta hatte nicht so viel Glück. Dieter spürte schon die Belastung auf dem von ihm gehaltenen Balken. Sie war erst drei Schritte weit gekommen, als das Eisen nur einen Bruchteil kippte. Sie blieb von Angst gelähmt stehen.

Dieter rief ihr laut zu: «Du schaffst es schon. Nur noch ein paar Schritte!»

Greta kniff die Augen fest zu und schwankte über dem dunklen Abgrund. Anna sprach leise.

«Öffne die Augen, Greta. Öffne sie jetzt!»

Greta gehorchte. Sie bewegte sich wieder. Dieter merkte, dass der Balken wieder kippen würde, bevor es Greta bewusst wurde.

«Er gibt nach! Schnell, pack ihn mit den Händen!»

In einem Schwindel erregenden Schwung glitt der Balken vom Fenstersims. Dieter und Anna hielten ihr Ende, als Greta das kalte Eisen erst mit einer Hand zu fassen bekam und dann mit beiden. Nun hing sie über dem gewaltigen Abgrund und sagte sich, redete sich ein, dass sie für ihre beiden Freunde nicht zu schwer zum Halten sei.

Anna und Dieter stemmten den Balken hoch und als Greta auftauchte, packte Anna ihre Hand. Gretas Gewicht zog sie hinab. Dieter ließ den Balken los und brachte mit einem kolossalen Kraftaufwand seines einen Arms beide in Sicherheit. Weit unten polterte die Eisenstrebe auf den betonierten Hof.

Am Fenster drüben hörte Siegfried das klirrende Aufprallen über dem Lärm der Axt, die Herrn Gotts Zimmertür zersplitterte. In den Händen hielt er das Buch über die Lingenbande, die Zettel und die Gedichte, alle in einen alten Kissenbezug gewickelt. Er knotete das offene Ende des behelfsmäßigen Beutels zu.

«Fangt!»

Er warf den Kissenbezug Anna in die Arme.

«Hol dir noch eine dieser Bettstreben!», brüllte Dieter.

Siegfried blickte hinter sich. Die Tür war zersplittert. Die Männer in Schwarz und Braun schoben die Barrikade zurück. Er konnte das Weiße in ihren stierenden Augen sehen.

«Zu spät. Ich werde springen müssen!»

Der Schreibtisch schoss über den Boden. Das eisige Glitzern einer Pistole war das Letzte, was Siegfried sah, bevor er vom Fenstersims sprang.

Vielleicht war noch etwas von dem Engel in ihm, noch eine Spur der seltsamen Kräfte, die ihn so oft von der erfundenen Welt Leiningens in die wirkliche Welt und wieder zurück gebracht hatten. Was es auch war, er schaffte den Sprung zum nächsten Dach. Sobald seine Hände die Ziegel berührten, war ihm mit todsicherer Gewissheit klar, dass er nie wieder zu einer so übermenschlichen Leistung fähig sein würde.

«Worauf warten wir? Verschwinden wir von hier!»

Sie kletterten über den Dachfirst auf die andere Seite hinunter. Schüsse peitschten in den Nachthimmel, aber die vier waren außer Sichtweite der Schützen. Die ganze Schräge der Dächerfront entlang suchten sie nach einem Weg, um auf Bodenhöhe zu kommen. Sie gelangten schließlich zu einem zweistöckigen Haus und waren erleichtert, als sie eine Reihe von Lagerhallen und Schuppen dahinter sahen, die wie eine riesenhafte Treppe abfielen. Vom letzten niederen Gebäude konnten sie die verbleibenden zwei Meter in eine Gasse springen, die nur von der Glut der fernen Flammen Unter den Linden erhellt war.

Hier lauschten sie dem Brüllen der Meute, als sie sich eine Verschnaufpause gönnten. Es war nichts zu hören außer einem hin und wieder vorbeifahrenden Auto und dem Maunzen von Katzen auf ihren Streifzügen. Sie setzten sich an eine Mauer in der Gasse. Bei aller Erleichterung bemächtigte sich ihrer eine große Trauer. Es war jetzt nicht nur die Jagd oder ihr Leben in Leiningen und im Grauen Zimmer zu Ende. Jeder von ihnen wusste auf seine eigene Weise, dass ihr gemeinsames Leben vorbei war.

«Wir müssen uns aufteilen», sagte Siegfried. «Das ist unsere einzige Chance. Wir müssen einen Weg aus Berlin heraus finden.»

«Wenn wir vielleicht paarweise gehen», schlug Dieter ohne große Überzeugungskraft vor.

Greta schüttelte den Kopf.

«Uns haben heute Nacht zu viele Leute gesehen. Wenn sie einen von uns entdecken, könnten sie vielleicht nicht sicher sein, aber wenn sie zwei Gesichter erkennen, werden sie Gewissheit haben.»

Es gab keine weitere Auseinandersetzung darüber. Keiner von ihnen wollte die letzten gemeinsamen Augenblicke verderben.

«Wir müssen für Herrn Gott noch ein Versprechen einlösen. Das Geld. Ich hole es mir.»

«Das kannst du doch nicht allein machen, Siggi.»

«Aber er hat mich wieder zum Leben erweckt. Ich möchte es ihm vergelten.»

«Ich nehm das Buch», sagte Anna, «und vergrab es, wie er verlangt hat.»

Was gab es noch zu sagen? Nichts. Sie lächelten einander an, doch dies schien ihnen eine zu kleine und bedeutungslose Geste zu sein, um ihre Gefühle zum Ausdruck zu bringen.

Siegfried drehte sich um und schritt in die schattenlose Tiefe der Gasse. Bald waren auch die anderen ihrer Wege gegangen.

An der leeren Wohnung des Bankangestellten war Siegfried gezwungen, mit der Schulter die Wohnungstür aufzubrechen. Einen Stock darunter trat eine alte Frau aufs Stiegenhaus hinaus.

«Was machen Sie da oben?»

Siegfried schaffte es, seine Angst hinter einem überlegenen Blick zu verbergen.

«Gehen Sie wieder hinein, Frau. Gegen Herrn Gier wird ermittelt.»

Der alten Frau traten die Augen aus den Höhlen.

«Wirklich? Was hat er denn angestellt?»

«Der Mann ist ein Dieb. Jetzt gehen Sie augenblicklich wieder in Ihre Wohnung. Und kein Wort zu jemand anderem, klar?»

Das gestohlene Geld erwartete Siegfried auf Herrn Giers Tisch.

Die HJ-Uniform erwies sich als Garant für Siegfrieds Sicherheit, als er nach der Kammenstraße suchte. An der Hausnummer 15 war Herr Ingelau zuerst nicht bereit, den dicken Geldumschlag anzunehmen. Er misstraute jedem, der eine Uniform trug. Die überwältigenden Ereignisse dieser Nacht verlangten nun von Siegfried ihren Tribut. Ihm riss bei der argwöhnischen Reaktion des Mannes die Geduld.

«Geben Sie es einfach Romi. Es war Herrn Gotts letzter Wunsch.»

«Sie meinen, er ist ...!»

«Geben Sie es ihr. Sagen Sie ihr ... sagen Sie ihr, ihr Vater war ein guter Mensch.»

Herr Ingelau nahm den Umschlag entgegen.

«Ich traue dieser Uniform nicht, aber ich kann Ihrem Gesicht vertrauen. Wie heißen Sie, junger Mann?»

«Wie ich heiße? Ich habe keinen Namen. Vielleicht finde ich morgen einen.»

Am südlichen Stadtrand von Berlin stieß Anna, die immer noch ihr kleines Bündel trug, auf eine verlassene Baustelle. Dort war eine großbürgerliche Häuserzeile halb fertig gestellt. In den geisterhaft stillen Zimmern fand sie, wonach sie gesucht hatte, und auch noch etliche andere Kleinigkeiten, von denen sie nicht gewusst hatte, dass sie sie brauchen würde, bis ihr Blick darauf fiel.

Mit dem vorgefundenen Spaten fing sie hinter einem der Häuser dort zu graben an, wo ihrer Vermutung nach eines Tages ein Rasen angesät werden würde. Sie bekam rasch Blasen an den

Händen, machte aber ohne Pause weiter, bis das Loch tief genug war. Dann bog sie einen breiten Bleistreifen zusammen. Mit einem Hammer klopfte sie die Ecken zurecht, so dass das Blei eine kleine Schatulle bildete. Ungeschützt wären der Kissenbezug und sein Inhalt binnen weniger Wochen verrottet. Nun würden das Buch, die Notizen und die Gedichte jahrelang halten. Mit einem langen rostigen Nagel kratzte sie eine Botschaft ins Blei und zog die Linien nach, bis die Haut an ihren Fingern aufriss. Die Botschaft lautete schlicht: «Lies das Buch. 1934.»

Anna legte die Schatulle in die feuchte Grube und schaufelte Erde darüber. Ein sonderbares Schwindelgefühl befiel sie und mit jeder Schaufel Erde wurde ihr Verstand immer tauber. Es war die Taubheit des Vergessens. Alle ihre Erinnerungen entschwanden, alle Abenteuer, die guten wie die schlechten, die Tage des Grauen Zimmers, die Gesichter von Axel, von Herrn Gott und Herrn Teufel, selbst die Namen und Gesichter der anderen Mitglieder der Lingenbande. Und schließlich, mit dem letzten Erdklumpen, schwand auch ihr Name zusammen mit jeder Spur ihrer Vergangenheit.

Im gleichen Augenblick verloren Siegfried, Greta und Dieter auch die letzte Erinnerung, die sie in sich trugen.

Es war das Ende. Es war der Anfang.

Das letzte Abenteuer der Lingenbande

Notizen für ein Ende

1. Herr Hempel ist natürlich der Übeltäter im Stück – doch der wahre Schurke ist Adolf Hitler.

2. Warum machte Herr Hempel so etwas? Weil Tyrannen wie Hitler (und in kleinerem Maßstab auch Hempel) nur in einem Klima der Angst Macht erringen und sie auch behalten können. Die Menschen müssen verängstigt sein, damit der Tyrann sagen kann: «Ich werde euch beschützen.» Deswegen muss er etwas, muss er jemanden finden, vor dem die Menschen Angst haben. Hitler hat sich die Juden ausgesucht. Sie sind verschlagen, böse und gierig, zetert er. Sie haben versucht, unser Land zu zerstören, es ausbluten zu lassen. Schaut euch all die reichen fetten Juden an, sagt er, woher kommt denn ihr Geld? Diebstahl, Wucherei, Schwarzmarkt – woher denn sonst? Seine Botschaft lautet: Wenn wir sie nicht vernichten, vernichten sie uns.

Und «Krüppel» genauso. Alle behinderten Menschen sind für die Gesellschaft eine Belastung. Für sie ausgegebenes Geld ist Verschwendung, und je mehr Geld wir vergeuden, desto wahrscheinlicher wird es, dass wir Not leiden. Wollt ihr das, schreit der Tyrann? Wollt ihr Hungers sterben oder von der Hand in den Mund leben wie manche russische Bauern, weil wir unser schwer verdientes Geld für Krüppel wegschmeißen?

3. Männer wie Hempel bringen in jeder Stadt und in jedem Dorf diese Botschaft unter die Leute, und in jeder Stadt und in jedem Dorf muss ein Sündenbock gefunden werden. Herr Hempel hat sich den Juden Matthias ausgesucht und wollte ihn als Übeltäter hinstellen. Indem er sich Gefolgsleute von auswärts holte, hatte er beinahe Erfolg damit.

4. Weil Hempel alles im Dorf beherrscht, einschließlich der Polizei, weiß die Bande, dass er nicht verhaftet werden wird. Sie müssen sein Geheimnis für sich behalten, sonst werden sie selbst eingesperrt. Sie wissen aber, dass er am Ende dafür zahlen muss, wie lange es auch bis dahin dauern mag.

5. Die Lingenbande wird ein Geheimbund, der sich dem Widerstand gegen die Gewalt der Naziherrschaft verschrieben hat. Siegfried wird bei der Hitlerjugend, Greta beim Bund deutscher Mädels bleiben und beide werden bei jeder Gelegenheit versuchen, deren Aktivitäten zu untergraben. Dieter ist derjenige, der sie von der Notwendigkeit dieses Tuns überzeugt. Er selbst schätzt, dass es Zeit für ihn ist, sich abzusetzen. Er weiß, dass Herr Hempel vorhat, ihn in ein Erziehungsheim zu stecken, und er ist nicht gewillt, abzuwarten, bis das geschieht.

Epilog

In den Jahren nach diesen Ereignissen vom Mai 1934 gedieh Adolf Hitlers Traum eines großdeutschen Reichs. Mit der Zeit war Deutschland nicht mehr groß genug, um die Bedürfnisse der Nazis zu befriedigen. Die Grenzen wurden ausgedehnt und dieser Expansionsdrang führte 1939 unvermeidlich zum Weltkrieg. Bis 1942 folgte Sieg auf Sieg, doch im Sommer und Herbst dieses Jahres wendete sich allmählich das Blatt.

Der Zweite Weltkrieg endete 1945 mit der Niederlage Deutschlands. Doch nicht, bevor in der Hauptstadt Berlin, der letzten Bastion von Hitlers Reich, praktisch kein Stein mehr auf dem anderen lag und sie in eine rauchende graue Mondlandschaft verwandelt worden war. Inmitten dieser Ruinen verfluchte Hitler die Schwäche und Unwürdigkeit der deutschen Bevölkerung und richtete eine Waffe gegen sich selbst.

Doch Deutschlands Elend war damit noch nicht zu Ende und nirgendwo wurde das offensichtlicher als in Berlin. Bald wurde es eine geteilte Stadt. Die verbündeten Mächte Großbritannien, Frankreich und USA kontrollierten den Westteil. Russland beherrschte den Ostteil. 1962 wurde diese Teilung mit der Errichtung der Berliner Mauer zementiert. Es sollten noch siebenundzwanzig Jahre vergehen, bis dieses Bauwerk von einer neuen Generation von Deutschen niedergerissen wurde.

In einer unvergesslichen Nacht im Oktober 1989 strömte das deutsche Volk durch die engen Grenzkontrollpunkte in der Berliner Mauer und tanzte und weinte auf den Straßen. Nicht lange und Planierraupen rückten an, um die Mauer einzureißen.

Und da beginnt das Ende dieser Geschichte.

Die folgende Meldung kam zuerst im Nachrichtenmagazin DER SPIEGEL und erschien am nächsten Tag in Zeitungen in aller Welt.

Berlin, 18. Dezember

Arbeiter haben beim Einreißen der Berliner Mauer im Südteil der Stadt einen außergewöhnlichen literarischen Fund gemacht. Eine behelfsmäßige Bleischatulle mit der Aufschrift «Lies das Buch. 1934», in der das maschinengeschriebene Manuskript eines nicht beendeten Jugendromans mit dem Titel Das letzte Abenteuer der Lingenbande *steckte, wurde ausgegraben. Darin enthalten waren auch erklärende Hinweise für ein mögliches Ende.*

Literaturexperten rätseln darüber, dass dieses Buch anscheinend nicht allein das Werk von Axel Hoffen ist, dem ursprünglichen Schöpfer der Lingenbanden-Serie. Diese Abenteuerserie war Anfang der 30er Jahre ungeheuer beliebt, ist aber heute in Vergessenheit geraten. Die Unterschrift bei den erklärenden Hinweisen ist von Hans Gott, einem Anfang des Jahrhunderts prominenten Autor, dessen Bücher an den Universitäten immer noch studiert werden. Das Rätsel wurde noch größer, als einige Gedichte von Axel Hoffen unter den Seiten des Typoskripts entdeckt wurden.

Es wird nun angenommen, dass das Buch aus der Zusammenarbeit dieser beiden Männer entstanden sein muss, obwohl es keinen Nachweis dafür gibt, dass sie sich jemals getroffen haben. Die Tatsache, dass beide Männer 1934 von der SS umgebracht wurden, gibt weitere Hinweise auf den Ursprung des Buches.

In seiner Wohnung in New York ließ der Verleger Josef Stieglitz, dessen Großvater 1934 aus Deutschland floh, keinen Zweifel an der Bedeutung des Buches.

Er erklärte: «Ich möchte es mit den Gedichten von Axel Hoffen veröffentlichen, zum Zeichen der Dankbarkeit für zwei Schriftsteller, die für ihre Überzeugung das höchste Opfer brachten.»

In Tel Aviv sinkt die Sonne als goldener Ball in die Nacht. Eine grauhaarige Frau, deren Gesicht noch die dunkle Schönheit ihrer Mädchenjahre zeigt, betet im geheiligten Hebräisch mit ihren Enkeln. Sie hat guten Grund, ihrem Allmächtigen zu danken, denn sie hat in ihrem langen Leben Sinn und Erfüllung gefunden, trotz der bitteren Erinnerungen an die Konzentrationslager von Theresienstadt und Dachau. Heute Abend hat sie vermehrt Anlass, Dank zu sagen.

Ihr ganzes Leben lang, selbst nach ihrer Heirat mit einem netten Mann, der zu früh gestorben ist, selbst nach der Geburt ihrer Kinder, war tief in ihr eine Leere. Es gibt Fragen, auf die sie nie eine Antwort gefunden hat. Warum kann ich mich an meine Kinderjahre nicht erinnern? Warum weiß ich nicht, wer meine Eltern waren oder ob ich Geschwister oder Freunde hatte? Wo habe ich gelebt? Woher bin ich gekommen?

Viele Überlebende der Todeslager haben wenig oder nichts von diesen schrecklichen Tagen behalten – sie aber erinnert sich an jedes einzelne Detail. Warum also weiß sie nichts aus der Zeit davor?

Trotz alledem ist sie mit ihrem Leben zurechtgekommen und hat immer gehofft, dass ihre Erinnerungen eines Tages zurückkehren werden. Aber das ist nie eingetreten.

Heute liest sie die Nachricht aus Berlin, die Geschichte eines vergrabenen Buches. Obwohl sie keinen der Namen wiedererkennt – Axel Hoffen, Hans Gott, die Lingenbande –, spürt sie einen tiefen Frieden. Sie nimmt es hin, dass manche Fragen nie beantwortet werden können und beschließt, sie nicht wieder zu stellen. Sie hat noch zu keinem Zeitpunkt ein so ungetrübtes Glück erlebt und genießt es. Und mit dieser neu gefundenen Heiterkeit lässt sich so viel anstellen. Es gibt so viele Leute, denen sie auf ihre besondere Art davon berichten kann.

Schnee bedeckt die Stadt Hurley im ländlichen Teil des Bundesstaates New York. Trotz der Tatsache, dass er später mit der einen Hand den Weg vor seiner Haustür mit der Schaufel freilegen muss, ist der ältere, aber heitere Mann nicht im Geringsten besorgt. Eine große Last ist von seinem Gemüt gewichen. Er sitzt vor der Glut eines warmen Kaminfeuers gegenüber seiner ihm seit vierzig Jahren angetrauten Gattin. Die Meldung in der *New York Times* geht er noch einmal durch.

Berlin! Es ist schon fünfzig Jahre her, dass er aus dieser Stadt geflohen ist und sich an Bord der SS Bremen schlich, die ins Asylland Amerika auslief.

«Was ist denn in dich gefahren?», fragt seine Frau munter. «Du bist wie eine gerissene Katze, die sich die Sahne stibitzt hat. Heckst wieder was aus, hm?»

Er schüttelt verdutzt und gut gelaunt den Kopf.

«Ich weiß nicht. Das, was ich gerade lese. Es besagt nichts, bedeutet aber alles. Ich fühle mich so … glücklich – so zufrieden.»

Sie ist an seine rätselhafte Ausdrucksweise schon gewöhnt. Das, vermutet sie, ist die Art, wie Menschen seines Berufszweiges schon immer geredet haben, da ihr Verstand anscheinend immer an zwei Orten zugleich ist.

«Wann habe ich dir das letzte Mal gesagt, dass ich dich liebe?», fragt er, beugt sich vor und streckt seinen einen Arm nach ihr aus.

«Als du mich heut früh gebeten hast, dir den Kaffee zu machen, glaube ich. Geh, mach ihn dir doch selber.»

«Ja, warum auch nicht? Und übrigens, wenn ich deiner Aussage nach wie eine gerissene alte Katze bin, wie wäre es, wenn ich dir etwas von meiner gestohlenen Sahne in deinen Kaffee tue?»

Es regnet wie so oft in Irland, aber sie mag den Ort wegen seines feuchten Klimas deshalb nicht weniger. Sie hat im Dorf Holycross in diesem elegant eingerichteten Landhäuschen glückliche Zeiten erlebt. Sie hatte viele gute Bekannte, die sie oft aufsuchen, aber heute Abend ist sie allein. Das macht ihr nichts aus. Sie hat sich dieses Leben so ausgesucht. Die ungreifbare Einsamkeit, die sie immer verspürte, hat nichts mit ihrer unabhängigen Lebensweise zu tun. Sie hat mit den fehlenden Kindheitsjahren zu tun. Oder eher, sie *hatte* bis zu diesem Tag mit der großen Erinnerungslücke zu tun.

Der Artikel in der Tageszeitung wiederholt sich in ihrem Gedächtnis, als sie sich, wie sie es mag, auf dem Kissenberg ausruht. Sie hat ihn so oft gelesen, dass sie ihn auswendig kennt. Sie kennt ihn so gut wie die Texte der wunderschönen Lieder, die sie jeden Abend vor dem Schlafengehen anhört. Sie hört sie auch jetzt an. Die Gedichte von Friedrich Rückert, in Musik gesetzt von Gustav Mahler, einem jüdischen Komponisten, dessen Werk von den Nazis verachtet wurde.

Auch sie hat auf unerklärliche Weise Frieden gefunden. Sie fühlt sich nicht mehr einsam, nur froh, auf der gefährlichen Lebensreise zu diesem Landhäuschen so viele anständige und gute Menschen kennen gelernt zu haben. Die Jahre mit niederen Arbeiten, als sie Kellnerin war, Böden schrubben musste und später in den Trümmern des zerbombten Berlins nach Essbarem, nach Fetzen zum Anziehen suchen musste, haben ihr beigebracht, was Armut bedeutet.

Eine zufällige Begegnung mit einem irischen Offizier der britischen Armee, der gütig und heiter war und ihr ihren ersten Sekretärinnenposten verschafft hat, führte zu ihrem Entschluss, irgendwann einmal in sein Heimatland zu reisen. Schließlich kam sie 1957 nach Irland. Der Offizier war schon lange mit dem rothaarigen Mädchen verheiratet, dessen Foto er ihr damals in Berlin gezeigt hatte, doch mit seiner Hilfe konnte sie in der Arbeit, welche die wirkliche Liebe ihres Lebens war, erfolgreich sein. Nun weiß sie, wie es ist, nicht gerade reich, aber ganz gut davongekommen zu sein. Aber Geld hätte ihr nicht das verschafft, was sie heute errungen hat.

Seit Monaten ist sie durch ihre Arthritis behindert, die Schmerzen lenken sie von ihrer Arbeit ab. Sie ist allmählich zu der Auffassung gekommen, ihr Werk sei getan. Schließlich ist sie alt. Wie alt, das weiß sie nicht genau. Zeit zum Ausruhen, meinte sie. Aber das ewigliche Rätsel ihrer nicht erinnerten Kindheit, das über ihr schwebt, ließ ihr keine Ruhe.

Sobald sie den Artikel das erste Mal gelesen hatte, ließen die Schmerzen nach. Mit jedem nochmaligen Lesen und nun mit jedem Aufsagen dieser Nachrichtenzeilen lassen sie mehr nach. Ihr Verstand klärte sich. Sie weiß besser als die meisten, dass es sinnlos ist, sich zu fragen, woher das Glück kommt. Besser, es zu packen und weiterzumachen, immer weiterzumachen.

Sie schließt die Augen und hört auf das Ende des Lieds, singt leise jene letzten Zeilen mit, die sie immer ins Schlummerland begleiten.

«Ich leb allein ...
Ich leb allein in meinem Himmel,
In meiner Liebe, meinem Lied.»

Die klirrende Nachtluft in Hamburg ist vom blinkenden Versprechen der Weihnacht erfüllt. Ein kleiner blonder, bis zu den Ohren eingemummter Junge läuft aufgeregt seinen Eltern voraus zum großen Schaufenster des Spielwarenladens.

«Nur noch eine Woche», erinnert sie der Sechsjährige. «Ich kann's gar nicht erwarten!»

Das Gesicht an die Scheibe gepresst, späht er auf die riesige Spielzeugauslage, die eine einzige Verführung ist. Seine Liste für das Christkind ist schon geschrieben und im Briefkasten. Er schaut näher hin, um festzustellen, ob er die Spielsachen, um die er gebeten hat, entdecken kann.

«Da ist mein Batmobil! Mensch, ist das toll!»

Seine Eltern haben aufgeholt und stehen bei ihm. Seine Mutter strahlt glücklich über die Begeisterung des Jungen. Sein Vater lächelt auch, aber in seinen Augen liegt Traurigkeit. Er wünscht sich, er wäre wieder ein Kind, und sei es bloß für einen Tag oder gar nur eine Stunde. Seinem Sohn zuliebe verdrängt er diese Gedanken.

«Schau dort drüben, ist das nicht der Power Ranger, der blaue, den du willst?»

Aber der Junge antwortet nicht. Er fährt mit dem Kopf nicht mehr nach den ausgewählten Köstlichkeiten suchend herum. Erst jetzt bemerkt sein Vater, dass in einer Schaufensterecke Spielsachen aus alter Zeit aufgebaut sind. Ein altmodischer Brummkreisel mit dem dazugehörigen Stecken und der Schnur, um ihn in Drehung zu versetzen; Holzbausteine, die Ecken abgenutzt, das Backsteinmuster schon verblichen; ein riesiges Puppenhaus mit exakt proportionierten Möbeln und Installationen; der lange, mit Federn verzierte Kopfschmuck eines Indianerhäuptlings; ein Flitzebogen mit einem Köcher voller Pfeile mit Gummispitzen. Und ein eselohriges altes Taschenbuch, dessen Einbandfarben mit der Zeit grau geworden sind.

«Schau dir den Jungen auf dem Buch an. Er schaut genau wie du aus, Papi!»

«Jetzt hör mal zu, ich bin zwar alt, aber so alt noch nicht!»

«Dann ist es ... jetzt weiß ich's ... dann ist es Großvater! Ich hab ja gesagt, er ist nicht gestorben. Siehst du, Papi? Er ist in das Buch gegangen! Das will ich, Papi, die anderen Sachen sind mir egal. Ich will dieses Buch, Papi!»

«Vielleicht hast du Recht. Bücher waren sein Leben, nicht wahr?»

Die Mutter des Jungen kniet sich neben ihn und versucht zu erklären.

«Das Buch ist nicht zu verkaufen. Und außerdem bist du noch nicht groß genug für all diese vielen Worte.»

Er wendet das Gesicht vom Schaufenster ab und wirft ihr einen dieser Blicke zu, die kleine Kinder so gut beherrschen – ein Blick, der dir sagt, dass du der grausamste Mensch auf der Welt bist, und fragt, wie du einem so kleinen Kind wie ihm so wehtun kannst.

Sein Vater starrt auf den Buchumschlag. *Die Abenteuer der Lingenbande.* Vier fröhliche Gesichter, eines davon dem alten Foto von seinem Vater als jungem Mann bemerkenswert ähnlich. Dem, das er in seiner Brieftasche trägt. Was sagte sein Vater an jenem Morgen vor gerade drei Monaten, als er verstarb?

«Ich habe allen Grund gehabt, in meinem Leben glücklich zu sein», hat der alte Mann geflüstert, wie ihm wieder einfällt. «Eine gute Frau, einen guten Sohn. Selbst die im Gefängnis verbrachten Jahre wegen Befehlsverweigerung waren nicht alle schlecht. Doch eines hatte ich nie: eine Kindheit. Ich habe mein Bestes getan, dir eine glückliche Kindheit zu bieten, und weiß, du wirst für deinen Sohn das Gleiche tun.»

Der Mann bückt sich, hebt den kleinen Jungen auf und drückt ihn fest an sich.

«Du sollst das Buch haben», verspricht er. «Ganz egal, was es kostet, ich werde es dir kaufen, Siegfried.»

In Hurley, New York, ist es zehn Uhr nachts und der Schnee leuchtet im Mondschein.

In Holycross ist es drei Uhr morgens und der Wind regt sich in den Bäumen.

In Tel Aviv ist es sieben Uhr und der Himmel rötet sich in der anbrechenden Morgendämmerung.

Drei Schriftsteller, tausende von Kilometer voneinander entfernt, haben den gleichen Traum. Sie sind in Leiningen. Wieder jung, liegen sie im hohen Gras einer abschüssigen Wiese. Über ihnen ist der Lingerkogel, darunter die alte Burgruine. Die Lingenbande trifft sich wieder und diesmal ist Siegfried spät dran. Keiner von ihnen spricht, weil sie Angst haben, auszusprechen, dass er vielleicht nicht kommt. Sie begreifen nicht, warum er nicht erscheinen sollte. Es ist nur ein Gefühl, aber es liegt schwer in der Luft.

Sie warten und ihr Warten wird zu einer Wolke, welche die Sonne verhüllt. Die Föhnluft lässt die Grashalme wie irr schwanken. Alles ist grau.

Sie erheben sich zum Gehen. Der Wind flaut ab. Die Wolke zieht vorüber. An den uralten Ummauerungen unter ihnen taucht eine Gestalt auf.

«Anna, Dieter, Greta!», ruft Siegfried und springt vom Mauersims herab.

Sie streifen alle vier durch ewige Wiesen, erzählen sich die Geschichten ihrer Leben, die Geschichten, die sie alle geschrieben, gelesen, gehört und sich vorgestellt haben. Genügend Geschichten, um die Ewigkeit auszufüllen.

Und diese Geschichte ist nur eine davon.

Die Gefängnisgedichte von Axel Hoffen

Im Dunkeln

Am Morgen meiner Jugend
Sang ich die Lieder der Nacht.
Doch kannte das Dunkel nicht,
Bin eben zur Wahrheit erwacht.

Der Schlüssel meines Glücks
Lag mir in der jungen Hand.
Doch als ich zu schreiben begann
Hatt ich ihn auch schon verbannt.

Ich tastete im Dunkeln
fing dumpf zu grübeln an.
Doch erst im Antlitz der Angst
Ich wahre Weisheit gewann.

Der Mensch ist ein simples Wesen,
Ich kann es nicht anders sagen.
Träumt tags von himmlischer Nacht
Und nachts von hellen Tagen.

Der Teufel

Der Teufel klopfte an meine Tür
Ich ahnte schon, er will was von mir.
Sein Mantel so finster wie sein Trachten,
Ein Mordinsekt – er wollte mich schlachten.

Ich hielt mein Leben bereits für gestohlen,
Sah ihn schon mit dem Messer ausholen,
Doch er wollte nur an mein Denken,
Um die Menschenherzen zu lenken.

Die Angst vorm Sterben packte mich und
Ich redete ihm fast nach dem Mund.
Doch gleich einer Hand griff etwas nach mir
Und ich sagte nein zu dem Todestier.

Ich schuf einen Jungen

In mir entstand ein Junge neu,
Ich gab ihm Freunde, gab ihm Kraft,
Ich machte ihn freundlich und treu.

In Leiningen war er zu Haus.
Auf kleinem Raum war's fein bestellt.
Die Lebensfreude ging nicht aus.

Doch wurd der Knabe mir entzogen,
Durch einer Menschenbestie Gier
Um seinen Geist betrogen.

Vorm schwarzen Mann davongerannt,
Nimmt er jetzt – meiner Feder fern –
Sein Leben selbst in die Hand.

Mein Traum wird wahr

Der Irrsinn trat in meine Zelle.
Furcht war sein Steg.
Es rät der Geist dir an der Schwelle
Zur Pein: lauf weg.

Die Stimme klang ganz nah bei mir,
Als führte Irrsinn hier Regie:
«Ich bin bei dir, Siegfried ist hier»,
Doch ich hielt es nur für Fantasie.

Dann wurd mir klar, er war real,
Von mir ward er erfunden.
Mein Herz zerging in Trauerqual,
Auch er ist bald entschwunden.

Meine Freiheit ist hin.
Auch seine sogar –
Doch sein Schöpfer ich bin,
Mein Traum wird wahr!

Engel ohne Flügel

Was ist, wenn überall Teufel aufzieh'n
Und die Himmelsluft verdunkeln?
Wo gehen die Guten und Rechten, wohin?
Was hört man von Engeln munkeln?

Sie sind auf der Erde und bringen Sühne
Und läutern die Herzen mit ihrem Siegel.
Was kostet ihr Auftritt auf unserer Bühne
Den Engeln ohne Flügel?

Sie bringen die Erde auf himmlische Bahnen,
Bemühen sich täglich mit Fleiß,
Indem sie an unseren Selbstwert gemahnen.
Wie hoch ist ihr Preis?

Um eifrig zu wandeln menschliche Orte
Vom Jammertal zum Gnadenhügel,
Verlassen sie ihre Himmelspforte,
Werden Engel ohne Flügel.